도박과 이혼하겠습니다

일러두기

• 단도박 모임과 GA(또는 GA 모임)를 같은 의미로 썼습니다.
• 협심자(協心者)는 GA에 정기적으로 참여하고 GA 프로그램을 생활화하는 회원을 일컫는 말입니다.
• 초심자(初心者)는 GA에 참여한 지 얼마 되지 않은 신입 회원을 말합니다.

도박과 이혼하겠습니다

초판 1쇄 인쇄 2025년 3월 10일
초판 1쇄 발행 2025년 3월 17일

지은이 | 플로쌤
펴낸이 | 임종관
펴낸곳 | 미래북
편   집 | 정윤아
본문 디자인 | 디자인 [연:우]
등록 | 제 302-2003-000026호
주소 | 경기도 고양시 덕양구 삼원로73 고양원흥 한일 윈스타 1405호
전화 031)964-1227(대) | 팩스 031)964-1228
이메일 miraebook@hotmail.com

ISBN 979-11-92073-71-2   (03800)

도박과 이혼하겠습니다

플로쌤 지음

미래북
miraebook

"인생, 까짓것 한 방이지 뭐!"

오래전부터 제 머릿속엔 '한 방'이라는 유혹의 단어가 둥지를 틀고 있었습니다. 그 단 하나의 기회만 잡으면 인생의 온갖 문제들이 와르르 해결될 거라고 믿었습니다. 말 그대로 '고생 끝, 행복 시작!'이 될 줄 알았지요.

월급쟁이 생활에 만족하지 못하고 다단계에 미쳤습니다. 「월천남」—한 달에 천만 원 버는 남자—이 되는 순간, 제 삶은 반짝이는 성공이 될 거라고 확신했습니다. 전국을 돌아다니며 교육을 듣고, 열정적으로 물건을 팔았지요. 그런데 열심히 뛰면 뛸수록 지갑의 통장 잔고는 줄어들었습니다. 인생 첫 사업에서 쓰디쓴 패배를 맛본 후, 그 실패를 만회하려고 주식과 코인에 손을 대었습니다. 15년 동안 차곡차곡 모았던 돈이 사라지는 건 순식간이었습니다. 주식과 코인을 밤낮으로 거래하며 가슴이 콩닥거리는 스릴을 만끽했지만, 동시에 가족에게 했던 수많은 거짓말이 제 영혼을 좀먹고 있었습니다. 저는 점점 더 깊이 빠져들었고, 감당할 수 없는 빚에 눈이 뒤집혀 결국 자살을 시도했습니다.

죽음 직전까지 갔으니 멈출 수 있을 거라 생각했건만, 세상엔 '바닥 아래 지하실'이 존재했습니다. 정말 지하 깊은 곳까지 경험하고 나서야 비로소 제가 도박중독자라는 사실을 인정했습니다. '아, 나는 도박중독자구나. 삶에서 부딪히는 여러 문제를 도박처럼 한 번에 해결하려고 안달했었구나.' 그리고 되돌아보니 제게 일어난 모든 일이 마음의 문제였다는 걸 알게 되었습니다. 만성적인 우울증과 열등감, 그 모든 것을 한순간에 해결하고 싶은 '한 방' 중독이었던 것입니다. 삶을 길게 보지 못하고, 주변을 둘러볼 줄 모르고, 지극히 저 자신만을 생각하는 근시안적인 태도. 이런 심리상태는 '한 방'이라는 유혹 앞에서 속수무책이었습니다.

'이번엔 다를 거야.'

'이건 정말 확실한 정보야.'

'나는 운이 좋아. 분명히 딸 수 있어.'

이런 생각이 얼마나 어리석었는지 이제야 압니다. 도박이라는 건 애초에 확률이 낮고, 중독 위험이 도사린 늪이었습니다. 그런데도 저는 무모한 희망을 품고 그 늪에 제 발로 뛰어들었습니다. 그러다 천만다행으로 구원의 끈을 잡았습니다. 도박문제예방치유센터와 GA(단도박 모임)를 찾게 되었고, 거기서 저와 같은 사람들이 한둘이 아니라는 사실을 깨달았습니다. 도박중독자는 비정상적일 정도의 저돌성과 거짓말로 눈앞에 닥친 상황을 모면하려는 경향이 강하다는 것도 알게 되었습니다. 매주 단도박 모임에 나가 인터넷 도박, 카지노, 스포츠 토토로 도박중독에 심각하게 깊이 빠졌던 사람들을 만납니다. 우리는 동병상련의 위안을 얻고 도박으로 일그러진 자신의 삶에 대해 진솔한 이야기를 꺼내며 회복이라는 기적을 경험하고 있습니다. 제 아내와 단도박 모임을 함께 다니며 속 깊은 대화의 시간을 가지자, 우울증과 도박으로 틀어졌던 관계가 자연스럽게 좋아지고 있습니다. 과거의 저는 '성공한 남편'이 되는 것이 행복이라고 믿었지만, 지금은 '함께 살아가는 남편'이 되는 것이 더 중요하다는 걸 배워가고 있습니다.

책을 쓰면서 여러 가지 중요한 사실을 깨달았습니다. 제 마음의 아픔이 청소년 시절에 겪었던 사건들과 그로 인해 생긴

도박과 이혼하겠습니다

피해의식 때문이라는 것을 알게 되었습니다. 그 피해의식을 없애기 위해 건강한 방법이 아닌, 도박 같은 파괴적인 길로 가게 된 것을 후회합니다. 어릴 적에 어른들이 자주 하셨던 "평범하게 사는 게 잘 사는 거야"라는 말을 진정으로 이해하기까지 많은 대가를 치렀습니다.

이 책은 과한 욕심으로 도박중독에 빠져, 벼랑 끝에 내몰리고서야 비로소 자기 내면을 돌아보게 된 40대 가장의 생존과 회복의 이야기입니다. 어떻게 해서 도박중독에 빠지게 되었는지, 단도박을 위해 어떤 노력을 하고 있는지, 그리고 행복은 '가깝고 작은 데 있다'라는 사실을 깨달아 가는 과정을 담았습니다. 저와 가정의 회복을 위해 글을 썼지만, 마음의 문제, 도박 문제를 겪고 있을 독자들에게 조금이나마 도움이 되기를 바랍니다.

덧붙여, 이 책에서 주식 투자와 코인 거래를 도박이라고 표현한 이유를 말씀드리겠습니다. 저의 경우처럼 빚을 내고, 단시간에 승부를 내기 위해 위험한 단타나 선물 매매를 과도한 레버리지로 거래하는 경우는 분명 도박임을 강조하고 싶었습니다.

차 례

| 4장 |

방향 바꿔, 정주행 모드로!

1장

GAMBLERS ANONYMOUS

급행인 줄 알았던 역주행

GAMBLERS ANONYMOUS

GAMBLERS ANONYMOUS

01

귀가 얇은
사람

얼마 전, 10년 넘게 타고 다닌 중고차를 팔고 새로운 중고
차를 사러 갔다. 함께 일하는 회사 후배가 동행해 주었다. 그
는 차량에 대한 지식과 수리 기술이 무척 뛰어난 사람이다.
중고 매장에서 그는 장갑을 끼고 준비해 둔 랜턴을 한 손에
들고, 마치 자동차의 해부도를 머릿속에 담고 있는 사람처럼,
보는 차마다 전문가의 눈빛과 언어로 내게 친절하게 설명해
주었다.

"이건 여기가 한 방 먹었네요."

"이건 차량 관리가 아주 잘 됐습니다."

"이 차는 옵션이 최상급이에요."

그의 말을 들을 때마다 내 마음은 출렁거렸다. 아, 이 차가 정답인가? 아니야, 저 차가 더 낫나? 이 차로 결정해야겠어. 아니다, 다시 생각해 보자. 열 번도 넘게 마음을 바꾼 끝에 주행거리가 짧고 옵션이 괜찮은 차로 결정했다.

이 후배와 회사에서 동고동락한 지 10년이 넘었고, 그의 능력을 잘 아는 상태에서 상대의 말을 믿는 것은 자연스러운 일이다. 그러나 문제는, 이런 경우가 아닌, 얼굴도 모르고 통화 몇 번 정도 주고받은 사람의 말을 덥석 믿어버린다는 데 있다.

나는 태생이 귀가 얇은 사람이다. 20년 넘게 사회생활을 했건만, 여전히 다른 이의 말을 너무 잘 믿는다. 낯선 사람의 조언도, 인터넷 기사도, 가끔은 홈쇼핑 속 광고 문구까지도 내 마음을 흔들어 놓는다. 귀가 얇다는 말은 결국 줏대가 없다는 말의 또 다른 표현이 아닌가. 내 생각과 의견을 뚜렷이 가지지 않은 채, 나는 너무 쉽게 타인의 설득에 넘어간다. 상대방이 어설픈 논리로 포장하고 조금만 감성적으로 접근해도

도박과 이혼하겠습니다

나는 금세 그 말에 설득당한다. 여태껏 생각할 시간을 두지 않고 성급하게 결정을 내려 곤경에 처한 경우가 한두 번이 아니었다. 이런 습성 때문에 내 삶은 먹잇감을 기다리는 하이에나에게 무방비로 당하기 딱 좋았다.

　펀드 투자가 성행할 때, 나는 금융사 직원의 권유로 큰 금액을 맡긴 적이 있다. 다행히 운 좋게 수익이 나서 별일 없었지만, 그것이 오히려 문제였다. 펀드에 대한 최소한의 지식도 없이 그저 상대방의 말을 믿고 수익을 얻은 경험은 이후에도 더 쉽게 남의 말을 믿는 습관을 만들어 주었다. 주식도 마찬가지였다. 처음에는 전혀 관심이 없었다. 내 인생에 주식 거래가 들어올 이유는 단 하나도 없었다. 하지만 어느 날, 회사 생활에 만족하지 못하며 지내던 내 귀에 옆자리 선배들의 속삭임이 들려왔다. "이 종목 대박이래." "지금이 딱 좋은 타이밍이야." 그 선배가 나한테 한 말이 아니고 선배들끼리의 대화였음에도 그 말을 그냥 지나치면 손해라도 볼 것 같은 욕심이 생겼다. 나는 곧장 주식 거래를 시작해 버렸다. 초심자의 행운이 따라 몇십만 원을 벌게 되었고, '주식 거래는 별거 아니구나' 하는 착각을 했다. 공부한다는 목적으로 온라인 커

뮤니티에 들어가서 수십만 원 하는 증권 강의를 결제하고 차트 기법을 구매했다.

　주식으로 낭패를 보게 된 뒤, 코인이 유혹했다. 비트코인으로 큰돈을 벌 수 있다고 말하는 유튜브 방송을 철석같이 믿고 비트코인과 잡코인 선물 거래까지 손을 뻗은 순간, 나는 이미 나락으로 향하는 길 위에 서 있었다. 현실에서는 만 원을 쓰는 것조차 인색하던 내가, 수십만 원, 수백만 원을 쓰는 데 마치 눈이 가려진 듯 어찌 그렇게 쉽게 결정을 내렸던 걸까. 모든 걸 한 방에 뒤집어 엎으려는 근성이 나의 유전자에 숨어있기라도 한 것처럼.

　오늘도 내가 지나는 길목에는 끝없이 유혹이 등장한다. 10% 이상의 고수익을 금방 줄 것처럼 포장된 단톡방 초대 문자. 무료 머니로 10만 원을 줄 테니 체험만 해보라는 인터넷 카지노 광고. 월 수천만 원 매출을 올릴 수 있는 비법을 알려주겠다는 유튜브 광고. 정신을 놓고 있으면 무차별적이고 교묘한 꾐에 언제든 낚일 수 있다. 이 사실을 알아차리기까지 나는 혹독한 대가를 치렀다. 그리고 그 대가는, 아직도 끝나지 않았다.

도박과 이혼하겠습니다

GAMBLERS ANONYMOUS

02

불안한
시작

입사한 지 얼마 되지 않은 때였다.

출근 전, 차 운전석에 앉아 작은 성경책을 꺼내 접어둔 곳을
펼쳤다.

"내일 일을 걱정하지 마라. 내일의 걱정은 내일에 맡겨라." (마
태복음 6:34)

"들에 피는 백합화가 어떻게 자라는가를 생각해 보라. 수고도

아니하고 길쌈도 아니하느니라. 그러나 솔로몬의 모든 영광도 이 꽃 하나만 같지 못하였느니라. 오늘 있다가 내일 아궁이에 던져지는 들풀도 하느님이 이렇게 입히시거늘, 하물며 너희는 어떠하겠느냐?" (마태복음 6:28-29)

이 구절을 서너 번 읽은 후, '오늘도 잘해낼 수 있을 거야'라는 말을 주문처럼 속으로 되뇌고 나서야 시동을 걸었다. 성당에 열심히 다니며 믿음 생활을 해도 하느님은 내게 자비를 베풀지 않는 것 같았다. 불안이 가시지 않아 매일 아침 눈뜨자마자 주기도문을 열 번씩 암송했다.

'취직한 지 얼마 되지 않은 신입사원이라 그렇겠지', '누구나 이 정도 부담감을 느끼며 회사에 출근하겠지'라고 생각했다. 하지만 6개월이 지나고 1년 가까운 시간이 흘렀음에도 아침에 일어나는 것이 너무도 힘겨웠다. 눈을 뜨면 모래시계의 모래가 다 떨어지기를 노심초사 기다리듯 분 단위로 시계를 확인했다. 지각을 겨우 면할 때에 닥쳐서야 겨우 몸을 일으켜 허겁지겁 출근 채비를 했다.

일생일대의 행운이 찾아와 입사한 직장이었다. 대학에서

공학을 전공했지만, 기대와 달리 내 적성과 전혀 맞지 않아 졸업할 수 있을 만큼의 학점만 취득하고, 나머지는 내가 좋아하는 어학 공부에만 몰두했다. 졸업 무렵에는 영어로 말하고 쓸 줄 알게 되었고, 영어를 많이 쓸 수 있는 분야를 찾았다. 그리하여 졸업 후 처음 발을 들인 곳은 지방 작은 제조회사의 무역부였다.

사회생활에 대한 설렘도 잠시, 건강 문제와 그곳의 거친 환경 때문에 힘든 나날을 보냈다. 나이 차이가 많은 기성 직원들은 신입인 나를 조금도 배려해 주지 않았다. 특히 해외 주문이 전달되는 제조 현장에서는 작은 실수 하나에도 험한 육두문자가 내 앞에서 쏟아지곤 했다. 결국, 몸과 마음이 견디기 힘들 정도가 되자 나는 사표를 던질 수밖에 없었다.

첫 직장생활을 통해 일반 사기업에서 일하기에는 내 육체와 심리 상태가 너무나 약하다는 사실을 뼈저리게 느꼈다. 신경 쇠약증일까 하는 걱정과 심신이 약해진 탓에 다시 취업할 엄두가 나지 않았다. 고민 끝에, 공부하는 시간도 가질 겸 애초 계획에 없던 공무원 시험 준비를 시작하게 되었다.

공무원 학원에서 두 달간 강의를 듣고 자습실에서 공부하던 중, 우연히 학원 게시판에 붙은 대기업 채용 공고를 보았다. 토익 점수가 좋으면 가산점이 있다는 사실에 고무되어, 비록 간절함은 없었지만 경험 삼아 응시해 보자고 도전한 시험에서 나는 운 좋게 내가 원하던 사무직에 입사하게 되었다. 운이 좋았던 것은 단순히 시험을 보게 된 계기뿐만이 아니었다. 1차 필기시험, 2차 논술시험, 3차 면접 모두 내가 예상했던 문제가 출제된 것이었다.

큰 회사에 취업했다는 것이 내 자존감을 잠시 올려주었지만, 피부로 느끼는 현실은 버거웠다. 상급자를 감시하는 사람처럼 느껴 지나치게 눈치를 보았다. 전화를 하기 전에는 말할 내용을 전부 적은 후 수화기를 들 정도로, 모든 업무에서 실수를 하면 안 된다는 부담을 가졌다. 너무 잘하고 싶은 마음 때문이었는지, 유년 시절 윗사람으로부터 잦은 꾸지람을 들어 눈치를 보던 습관 때문인지 모르겠지만, 나는 하루 종일 초조하고 긴장된 채로 일했다. 집에 오면 밥 먹을 힘도 없이 녹초가 되어 침대 위에 쓰러졌다.

어느 날, 몸에 이상 신호가 왔다. 양치질하려고 욕실 거울 앞에 서는 순간, 가슴이 터질 듯 쿵쾅거리며 허리가 저절로

숙여졌다. 몸이 고꾸라져 주저앉을 것만 같았다. 나는 대충 입을 헹구고 도망치듯 욕실을 빠져나와 거실 바닥에 털썩 앉았다. 계속 이러다간 회사도 못 나갈 것 같다는 생각이 들어, 휴가를 내고 난생처음으로 신경정신과를 찾았다.

30분 정도의 심리검사를 마친 후 의사 선생님과 상담이 이어졌다. 엄격하고 꾸지람이 많으셨던 아버지, 만성 위궤양으로 중학교 2학년 때부터 굵은 내시경 호스를 넣어 구역질하며 10차례 넘게 검사하며 고생했던 일, 그리고 고2 때 피를 토했던 일, 결국 위장 절반과 십이지장을 잘라내고 소장을 위에 이어 붙이는 큰 수술까지. 건강 문제에 더해 잘못 선택한 대학 전공, 자신감 상실로 인해 사람을 피하기까지 하게 된 일, 대인관계에서 힘들었던 일들이 고구마 줄기처럼 꺼내어졌다. 상담 말미에 선생님은 안쓰러운 표정으로 나에게 말씀하셨다.

"그동안 정말 힘드셨을 텐데, 이렇게 견뎌내시고 취업에 성공한 것만으로도 대단한 일 하신 거예요."

선생님의 이 말은 잠시 나에게 위안이 되었지만, 진료실 문을 나서는 순간 다시금 내 처지가 비관적으로 느껴졌다. 수

술을 받기 전까지 몇 년 동안 아팠지만, 아프다는 사실을 말하지 못하고 혼자서 참아온 미련과 자책감이 나를 짓누르고 있었다. 만약 좀 더 일찍 수술 없이 치료할 수 있었더라면 얼마나 좋았을까. 되돌릴 수 없는 수술로 인해 우울증까지 생겼다는 사실이 내 기분을 착잡하게 했다. 그런 복잡한 감정들이 마음속에서 뒤엉키자, 앞날에 대한 희망이 느껴지지 않았다.

다행히 의사 선생님이 처방해 준 약을 먹고 나니 아침에 눈을 뜨는 것이 조금 쉬워졌고, 출근길도 덜 힘들게 느껴졌다. 그러나 오후가 되면 약기운이 떨어지는 듯, 안정된 마음이 다시 흐트러지고 장이 불편해 화장실을 들락거리게 되었다. 저녁 약을 앞당겨 근무 시간 중에 먹기도 했다.

'한두 해 회사 생활에 적응하면 괜찮아지겠지'라는 생각을 하며 하루하루를 힘겹게 버텼다.

도박과 이혼하겠습니다

우울증과의 사투

결혼 후, 회사는 물론 아내에게도 정신과 치료를 받는다는 말을 꺼내지 못했다. 우울증이라는 단어를 입 밖에 내는 것이 나의 나약함을 드러내는 것 같았고, 정신적인 문제로 병원에 다니는 일은 나 자신에게 부끄러웠다. 우울증 환자라는 사실을 받아들이는 데 시간이 더 필요했다. 우울증으로 병원에 다닌다는 사실을 계속 숨기고 싶었다. 그래서 과민성 대장염이 잘 낫지 않는다고 최대한 가볍게 이야기하려 애썼다. 이상하게 보이지 않으려 일은 더 열심히 하고, 사소한 일에도 잘 웃으려 노력했다. 훨씬 뒤에 알게 된 것이지만, 그것은 가면성 우울증이었다. 어쨌든 나는 수술로 인해 원래 몸이 약하니 이렇게 살 수밖에 없다고 체념하며, 내 삶의 십자가로 여기기로 했다.

정신과 선생님은 향정신성 의약품이라 그런지 한 달 분량의 약은 처방해 주지 않았다. 길어야 2주분이었다. 그래서 나는 한 달에 두 번, 상사에게 약을 타러 병원에 간다고 하고 근무 중 외출을 할 수밖에 없었다. 진료를 받으려면 이동 시간을 포함해 최소 2시간이 걸렸고, 대기 환자가 많을 땐 회사에 복귀하는 시간이 늦어질까 초조해졌다. 때로는 회사 일이 너무 바빠서 제때 약을 타러 가지 못할 때도 있었다. 그럴 때면 일할 때 초조해지고 가슴이 두근거리며 근육이 긴장되는 느낌과 함께 장이 불편해졌다. 약이 떨어져 하루 이틀이 지나면 소화가 되지 않고 머릿속이 흐릿해지며 자리에 앉아 있는 것이 힘들 정도로 불안해, 안절부절못하며 화장실을 들락거렸다. 그럴 땐 몇 알의 약에 의존하는 내가 한심하게 느껴졌다.

몇 년 동안 다양한 방법을 시도해 보았다. 처방 약이 바뀌면 치료가 제대로 될까 싶어 병원을 바꾸고, 심리 상담도 받았다. 회사에서 배운 웃음 치료 방법으로 출퇴근하는 차 안에서 "하! 하하! 하하하! 하하하하하~~!!!!"를 미친 듯이 외쳐 보기도 했고, 몸을 많이 움직이는 것이 좋다 하여 출근 전 수영장에 가거나 공원에서 산책하며 활동량을 늘리기 위해 노력했다. 어찌 보면 누구나 그 정도 노력을 할 수 있다고 말할 수 있겠지만, 나는 이불에서 몸을 꺼내는 것조차 힘든 상태였기에, 심신과의 처절한 싸움 속에서 시도한 최대한의 노력이었다. 그러나 몇 달이 지나도 약간 나아졌을 뿐 확연히 좋아지지 않자 결국 약에 의존하며 다시 원래의 모습으로 돌아오고 말았다.

며칠 동안 잠을 설쳐 가며 고민한 끝에 어려운 결심을 했다. 노조위원장에게 내 우울증 사실을 털어놓고, 업무를 바꾸도록 회사 측에 요청해 달라고 했다.

"위원장님, 사실 저는 우울증을 꽤 오랫동안 앓아왔습니다. 근무할 때, 저의 의지와 상관없이 초긴장 상태로 일하다 보니 과민성 대장염도 심해지고, 집에 가면 녹초가 됩니다. 현재 맡고 있는 업무로 인해 증상이 더 악화되었습니다. 다른 업무로 바꿀 수 있도록 도와주십시오."

사람을 상대하며 에너지가 소모되는 민원 업무 대신 스트레스를 덜 받는 현장 업무로 바꿔주길 정중하게 부탁했다. 그러나 그분의 대답은 내가 기대한 바와는 달랐다. "Y 대리, 우리 회사는 정말 좋은 회사야. 타 기업에 비하면 그 정도로 업무 강도가 높지 않아. 지금 좀 힘들어도 다 경험이라 생각하고 맡은 일에 충실하면 시간이 해결해줄 거야."라고 말할 뿐, 더 깊은 면담은 원하지 않는 눈치였다.

말하지 않는 편이 나았을까. 나는 의기소침해지는 한편 마음속에 오기가 발동했다. 더 나이 들기 전에 이 고통의 시간에서 벗어나야겠다고 결심했다. 새로운 직업을 구하면 우울증도 나아지고, 미래에 대한 기대도 더 가질 수 있으리라 생각했다. 전문 지식을 갖추고 사람과 덜 부딪히며 돈도 잘 벌 수 있는 직업은 없을까 고민하는 시간이 많아졌다.

어느 날 문득 감정평가사가 떠올랐다. 대학 시절 문과 친구들을 통해 처음 들었던 직업이었다. 총무 업무를 하다가 받은 명함이 있어 어디에 두었는지 찾아보았으나 보이지 않아, 인터넷에서 감정평가법인 이름을 검색해 전화를 걸었다. 전화를 받은 여직원에게 다짜고짜 감정평가사라는 직업에 대

도박과 이혼하겠습니다

해 알고 싶으니, 그곳에 계시는 감정평가사와 통화할 수 있게 해달라고 부탁했다. 전화를 받은 분은 먼저 나의 나이를 물었다. 내 대답을 듣고, 아직 가능성이 있는 나이라며 사무실에 한번 찾아오라고 했다.

일주일도 안 되어 그분을 찾아뵙고 면담을 하게 되었다. 과는 다르지만 같은 대학교 출신의 선배님이라는 사실을 알게 되었다. 게다가 문과가 아닌 나처럼 공과대 출신이었다. 이건 신의 계시야, 행운이 따르는구나, 라고 생각하며 나의 커리어를 그려 보았다. 아무리 어려운 시험이라도 지금의 고통에서 벗어날 수만 있다면 도전하고 싶었다.

내 마음속의 기대는 하루의 무게감을 덜어주었다. 나는 이미 감정평가사가 된 듯 들떠 있었다. 1차 시험도 치르지 않았는데, 2차 시험 수험서까지 사 두었다. 자기계발서 『보물지도』에서는 꿈을 이루려면 이미 이루어진 것처럼 시각화해야 한다고 했고, 그래서 벽에 '감정평가사 ○○○'라는 제목의 사무실 그림을 그려 붙여놓고 공부를 시작했다. 민법, 회계학, 경제학, 부동산 관계법 등 그동안 회사 업무를 하며 간접적으로 접했던 내용들이 책 속에는 체계적인 이론으로 정리되어 있었다.

3년이 걸리든, 5년이 걸리든, 나는 40세 이전에 반드시 합격하겠다고 다짐했다. 새로운 삶을 시작하겠다는 마음으로 새벽 5시에 알람을 맞췄다. 하루 두 시간씩, 아침과 저녁으로 공부할 시간을 만들어 냈다. 물론 매일 완벽하게 지키지는 못했다. 아침엔 침대가 나를 더 붙잡아 두었고, 저녁엔 예상치 못한 회식이 계획을 망치기도 했다. 그래도 포기할 수 없었다. 전문 자격증을 따는 일이야말로 나를 만성 우울증의 늪에서 건져낼 희망의 끈이라 믿었기 때문이다.

인생역전의 사업을 만나다

하루하루가 불안과 긴장 속에서 흘러갔다. 일터에서 녹초
가 된 몸을 이끌고 집에 돌아오면, 소파에 쓰러지듯 몸을 내
맡기는 게 일상이 되었다. 갓 유치원에 들어간 큰아이가 "아
빠, 그림 그리자!"라며 팔에 매달려도, 나는 미안한 얼굴로
아내에게 SOS를 보낼 수밖에 없었다. 초저녁에 스르르 잠이
들고는, 가족들이 모두 잠든 새벽에 어김없이 눈이 떠졌다.
우울증이 깊어지면 흔히 나타나는 비정상적인 수면 패턴이
었다.

세상이 고요한 새벽, 나는 책상에 앉아 감정평가사 강의를 틀었다. 잠이 덜 깬 흐릿한 눈으로 강의 화면을 바라보며 스스로에게 되뇌었다. "미래를 위해 이걸 할 수밖에 없어." 그 위안이 없었다면, 끝도 없이 밀려오는 공허함을 견딜 자신이 없었다.

그러던 어느 날, 회사 일로 고객에게 전화해 업무를 처리하던 중 뜻밖의 사람과 얽이는 사건이 생겼다. 60대 후반의 남성 Y 씨는 내 이름을 듣더니 성씨가 같다며 반가워했다. 몇 마디 주고받다가 "오! 우리 종친이네"라며 언제 한번 만나자고 접근해왔다. 그 순간, 불현듯 '조상님이 무슨 좋은 일을 만들어 주려는 것 아닐까'라는 생각이 스쳤다. 며칠 후, 또 전화가 왔다. 내가 요청한 대로 일 처리를 잘해주었으니, 자기 사무실에 와서 차 한잔하자고 했다. 차 한잔하러 간 그 발걸음이 향후 내 인생 경로를 뒤죽박죽 만들 줄 미처 알지 못했다.

Y 씨 옆에 앉아 있던 분은 초등학교를 퇴직하고 이곳에서 소일하고 있다고 했다. 나의 아버지도 교직에 계셨다고 말하며 우리는 반갑게 이야기를 나누었다. 그때, Y 씨는 갑자기 눈빛을 번뜩이며 말했다.

도박과 이혼하겠습니다

"좋은 교육이 있으니, 30분만 들어보세요."

나는 무슨 일인지도 모르고, 그저 그 제안을 받아들여 강사가 준비하는 옆 방으로 따라갔다. 방에 들어서자, 강사는 자신이 과학 학원 원장 출신이라고 소개하며, 왜 학원을 그만두고 여기 있는지에 대해 유창하게 설명을 시작했다.

그는 화이트보드 왼쪽에 커다랗게 세 글자를 적었다. "3무(無)" – 무자본, 무점포, 무경험. 강의는 계속되었고, 그가 보여준 그림 속에서 숫자들이 기하급수적으로 늘어나는 모습을 보았다. 1, 2, 4, 8, 16, 32…… 아뿔싸, 이건 다단계구나!

강의가 끝나고 나자, 그들은 마치 중요한 비밀이라도 풀어놓은 듯 신나게 이야기했다. 그들의 말은 단순했다. "휴대전화, 이제는 대리점이 아니라 우리 사무실에서 개통하면 돼!" 그들은 이어서, "통신사도 대형 3사 중에서 마음에 드는 걸 고르기만 하면 돼! 단지 소개하는 사람의 코드만 입력하면 끝!"이라고 말했다. 그때는 스마트폰이 처음 등장하던 시점에 있었고, 나는 언젠가 스마트폰으로 바꿀 생각을 하고 있던 참이었다. 그래서 그 제안에, 이상하게도 별 의심 없이 말려들고 말았다.

개통을 마친 후 몇 주가 지나지 않아, 이 사업에서 성공한 큰 리더가 온다는 소식이 전해졌다. 마치 귀신에 홀린 듯 세미나에 몇 차례 더 참석하게 되었다. 세미나가 끝날 때마다 느꼈던 건, 마치 내가 어떤 비밀 조직의 일원이 된 듯한 기분과, 맡겨진 임무를 수행해야만 할 것 같은 압박감이었다.

그들이 내게 이 사업에 대해 잘 이해했다고 말하며 이제부터 누군가를 소개하라고 했을 때, 두려움이 솟아올랐다. '누구를 소개해? 내가 인맥이 어디 있다고?' 누군가를 설득해 끌어들여야 한다는 고민에 빠져 있는 사이, 나는 그제야 반복적으로 들었던 요금제와 일반 대리점의 수당 방식에서 이상한 점을 발견하게 되었다. '이곳에서 단순히 소비자로 개통하는 사람은 일반 점포에서 사는 것보다 손해를 보는데……'라는 생각이 머릿속을 맴돌았다. 소개할 엄두가 나지 않았다.

빠져나올 기회만 엿보고 있던 사이, 또 다른 일이 벌어졌다. 통신 다단계 교육장에서 만난 30대 후반의 남자는 두어 달 만에 많은 돈을 벌었다며 단상에 서서 스피치를 하던 인물이었다. 나와 나이가 비슷한 그는 자신이 알고 있는 더 나은 네트워크 사업이 있다고 했다.

도박과 이혼하겠습니다

"스마트폰으로 영상을 보여줄게. 통신 다단계보다 생활 필수품 네트워크가 훨씬 일하기 쉽다고!"

그는 치약과 라면을 구매해 써보라고 권하며, 사업자들이 유튜브에 올려놓은 영상을 직접 보고 검증해 보라고 했다. 나는 그동안 공부하던 것을 언제 그랬냐는 듯 그만두고, 유튜브를 보기 시작했다. 당시 유튜브가 지금처럼 유행할 시기는 아니었지만, 사업 설명과 제품 소개가 여러 개 올라와 있었다. 몇 가지 제품을 온라인으로 구매해 써본 나는 가격이 저렴하고 품질이 좋다는 걸 인정했다. 그 회사 제품을 다른 사람들에게 소개하면 처음에는 작은 수익이 쌓이고, 나중에는 큰돈이 될 것이라는 사업 소개 영상에도 귀가 솔깃해졌다.

어느덧, 오프라인 세미나에 가고 싶어졌다. 이미 내 마음의 절반은 이 다단계 사업을 해야겠다고 결심한 상태였다.

'사업이 잘되면 회사 일도 힘들지 않을 거야! 그리고 우울증과도 작별할 날이 오면 좋겠다.'

가장으로서의 가장 큰 의무인 생활비를 해결하면, 가족에게 떳떳한 존재가 될 수 있을 것이라는 생각과, 만약 운이 따라 월 수천만 원을 벌게 된다면 남들에게 부러움을 사는 존재로 거듭날 수 있을 거라는 희망에 가슴이 두근거렸다.

며칠 동안 잠을 설쳤다.

여보, 나 딱 1년만 다단계 해 볼게

아내를 끈질기게 설득한 끝에, 나는 회사를 1년간 쉬며 사업에 올인하기로 했다. 사업이 궤도에 오르면 다시 복직하겠다는 계획이었다. 하지만 현실은 냉혹했다. 내가 더 열심히 뛰면 뛸수록 통장 잔고는 줄어들었다. '밑 빠진 독에 물 붓기'라는 말이 이렇게까지 정확할 수 있을까 싶었다.

1년 동안 쉬지 않고 애썼지만, 생활비 200만 원을 벌지 못했다. 모아둔 돈은 구멍 난 쌀 포대에서 흘러 나가듯 빠르게 줄어들었다. 상황이 점점 나빠지고 있다는 사실을 직감할 겨

를도 없이, 나는 이 시간을 '큰 성공을 위한 투자'로 여겼다. 돈이 벌리지 않아도 서울, 세종, 대구, 부산, 울산까지 전국을 누비며 교육을 듣기 위해 다녔다. 길 위에 흘린 기름값만 해도 상당했다. 그러나 그조차도 투자라고 생각하며 나는 계속 달렸다.

온라인 쇼핑이 증가하는 시대 흐름에 딱 맞는 일이라 믿었다. 무엇보다 남에게 피해를 주지 않는다는 확신이 있었기에, 최선을 다하겠다고 다짐했다. 하지만 가족과 지인들의 반응은 냉랭했다.

"다단계는 먼저 시작한 사람만 돈을 벌어. 지금 시작해 봤자 남 좋은 일만 시키는 거야."

그들의 말은 냉소적이고 단호했지만 내 귀에는 들리지 않았다. 마치 학교에서 교과서를 대하듯, 나는 네트워크 이론을 신봉했다. '이 회사는 초창기다. 아직 기회는 많다.' 그렇게 스스로를 설득하고 또 설득했다.

네트워크 마케팅, 즉 다단계 판매의 이론은 간단했다. 유통의 본질은 좋은 제품을 값싸게 제공하면 자연스럽게 팔린다는 데 있었다. 내가 선택한 회사는 이 조건을 충족한다고 여

도박과 이혼하겠습니다

겼다. 사람들은 저렴하고 질 좋은 제품을 경험하면 자연스럽게 이를 다른 이들에게 소개할 것이다. 그렇게 형성된 소비자 집단은 시간이 흐를수록 더 커지고, 내가 직접 팔지 않아도 인터넷을 통해 자동으로 구매가 이루어진다. 소비자 200명을 확보하면 이후에는 가속도가 붙을 것이고, 나처럼 열정적인 파트너 사업자들과 함께 그물망 같은 소비자 집단을 만들어 낼 수 있을 거라고 했다. 결국, 이 소비자 집단은 나중에 하나의 자동 시스템처럼 스스로 돌아가게 된다는 원리였다. 모든 것이 그렇게 단순하고 명확해 보였다.

문제는 시간과 경비였다. 인맥이 넓지 않은 내가 200명은 커녕 10명의 소비자를 만드는 것조차 쉽지 않았다. 게다가 내가 했던 네트워크 사업의 특징은 한 개의 제품을 팔면 바로 수익이 입금되는 구조가 아니라, 15일 또는 30일 후 소비자 구매 실적에 따라 수당으로 지급되는 방식이었다. 가족 생계를 책임져야 하는 내겐 맞지 않는 일이었다.

그럼에도 불구하고, 비록 제품 한 개를 판매했을 때 이윤은 적지만, 품질과 가격에 만족한 소비자는 다른 여러 제품도 믿고 구매할 것이라고 믿었다. 그런 소비자가 자발적으로 소개를 해주면 소비자가 급속도로 늘어날 것이라고 생각했다. 그러나 다단계에 대한 부정적인 인식 때문에 아무리 싸고 좋다고 해도 소개를 잘 해주지 않는다는 사실과, 사람들은 쓰던 제품을 바꾸고 인터넷으로 구매하는 등의 소비 행태를 쉽게 바꾸지 않는다는 것을 한참 뒤늦게서야 깨달았다.

그래서 다단계 사업은 교육을 강조하며 사람들을 세뇌한다. 합법적인 회사도 마찬가지였다. 교육을 통해 내가 제품을 전달하고 소비자가 만족하면, 사업에 관심을 보이는 사람들을 다시 교육에 데려오는 것이 가장 빠른 사업 진행 방법이라 했다. 그들은 사람들이 다단계에 부정적인 이 상황이 오히려 기회라고 강조했다. '사람들이 이해하지 못하는 건 당연해. 대중에게 많이 알려지지 않은 지금이 기회야.' 나는 듣고 싶은 부분에만 귀 기울였다. 먼저 경험한 사람들의 말을 적극적으로 수용하는 성격 탓에, 실패할 가능성은 일절 고려하지 않고 그들의 말을 그대로 따랐다.

여동생들과 어머니, 심지어 팔순이 다 된 외할머니까지 교육장에 모시고 갔다. 사업 내용을 이해하시고, 다른 사람에게 소개 좀 해달라는 생각에서였다. 처음에는 소개가 나와서 사업이 잘 진행되는 듯했다. 하지만 내가 연락하지 않으면 그들은 재구매를 하지 않았다. 게다가 인터넷에 들어가 직접 구매하는 사람은 거의 없었다.

'왜 이렇게 안 되는 거야?' 속이 타들어 갔다.

그런데도 나는 줄기차게 교육 장소나 고객을 만나러 가는 차 안에서 "나는 할 수 있다!"를 외치며 장밋빛 미래를 꿈꿨다. 멋진 2층 전원주택 잔디밭에서 가족들과 행복한 순간을 보내는 모습만 생각하면 고객의 차가운 시선과 궂은 날씨 따위는 전혀 문제가 되지 않았다.

"사람들이 제대로 이해하지 못해서 그래! 제품에 만족하는 사람이 많았던 만큼, 분명 사업을 잘 이해하고 발이 넓고 자금까지 두둑한 사람이 파트너 사업자로 나올 거야!"

1년이란 시간이 다 흘러갈 때쯤 초조해졌다.

'이렇게 회사에 복직하면 죽도 밥도 안 될 것 같아.'

배수의 진을 치고 회사를 그만둘 생각까지 했다. 퇴직금으로 1년은 더 버틸 수 있을 것이고, 1년만 더 일하면 분명 사업을 본궤도에 올리고 3년 차에는 월 1천만 원까지 벌 수 있을 것이라 확신했다. 그렇게까지 생각했던 이유는, 내가 본 큰 성공자들은 이 사업을 만나기 전에 모두 지독한 실패자였기 때문이다. 제조업을 하다 망해 신용불량자가 된 사람부터, 온갖 자영업을 하며 실패하고 밑바닥까지 갔다가 이 회사 제품을 만나 재기했다고 했다. 저렴한 가격과 고퀄리티 품질 덕분에 성공할 수밖에 없다고, 어떤 어려움이 있더라도 사랑하는 가족에게 3대까지 상속되는 이 빅 비즈니스를 포기하면 안 된다고 했다. 그들은 나의 성공 욕망을 자극했고, 내가 그보다 나은 형편인데 못할 바가 무엇이냐고 용기를 주었다.

아내는 처음 약속했던 것과 다르게 내가 회사를 그만둔다고 했더니 극구 반대했다. 당연한 이야기 아닌가? 안정된 직장에서 월급 받으며 평범하게 가정을 꾸리는 소박한 꿈을 가진 아내는 육아하기도 벅찬데 나의 돈키호테 같은 무모함에 치를 떨었다. "그만 복직하라"는 아내의 이야기를 듣지 않고, 나는 끝까지 1박 2일 세미나장에 참석했다.

세미나장에서 돌아오니, 아내는 침대에 누워 흐느끼고 있었고, 큰아이는 한 손으로 엄마의 손을 잡고 다른 손으로 눈물을 닦아 주고 있었다. 뱃속에는 두 달 후면 태어날 둘째 아이가 있었다. 하지만 그 순간에도 나는 정신을 차리지 못했

도박과 이혼하겠습니다

다. 둘째 아이가 태어난 후에도 나는 계속 질주했다. 정말이지 미친 상태였다.

어느 날 저녁, 집에 돌아왔는데 아내와 아이들이 보이지 않았다. 참지 못한 아내가 짐을 싸서 친정에 간 것이었다. 가슴에 총을 한 방 맞은 듯 정신이 혼미해졌다.

그제야 내가 지금 무슨 일을 하고 있는지, 무엇이 중요한지 깨달았다. 그러나 나는 어떻게 해야 할지 몰라 연락조차 하지 못하고, 쓸쓸한 집에서 외로움과 두려움에 사로잡힌 채 시간만 흘려보냈다. 한 달 후, 아내와 아이들 그리고 처가 부모님이 함께 본가로 왔고, 우리 양가 가족은 불편한 얼굴을 마주했다. 장인어른은 내 아이들을 호적에서 파버리겠다고 하셨고, 우리 부모님은 "이게 모두 너 때문이다"라며 나를 나무라셨다.

사태의 심각성을 깨달은 나는, 더 이상 다단계를 계속할 명분을 찾을 수 없었다. 우리 가족을 위해 지켜야 할 재산을 탕진했고, 소중한 가족과의 시간도 잃었다. 하지만 더 큰 문제는 내 마음 한편에 운이 좋지 않았을 뿐이라며 스스로를 위안하는 뻔뻔한 마음이 여전히 남아있다는 것이었다.

입사 초년생 시절, 업무를 가르쳐 주시던 선배님이 진지한 표정으로 조언을 해주셨다.

"○○ 씨, 직장생활을 하다 보면 주식 이야기가 꼭 들릴 거야. 누가 크게 벌었다는 소문에 현혹되지 말고, 주식엔 절대 손대면 안 돼."

IMF 때, 많은 직원이 퇴직금을 중간 정산받아 주식에 투자했다가 곤경에 처했다는 이야기와 함께, 선배님도 큰돈을 잃고 힘든 시간을 보냈다는 뼈아픈 경험담을 들려주었다. 나는 고개를 끄덕이며 "네, 알겠습니다. 저는 그런 쪽엔 전혀 관심 없어요."라고 대답했지만, 그 조언은 시간이 지나면서 점점 희미해져 갔다.

12년이 흐른 뒤, 그 선배님은 정년퇴직했고 우리의 교류도 자연스럽게 끊겼다. 그의 진심 어린 조언은 내 삶에서 더 이상 영향을 미치지 못했다. 게다가 나는 다단계 사업에 세월과 돈을 허비한 후에도 여전히 직장보다 더 나은 일이 있을 거야, 라는 막연한 생각에서 벗어나지 못하고 있었다.

그러던 어느 날, 사무실 한쪽에서 귀가 솔깃한 이야기가 들려왔다. 같은 팀 선배가 누군가와 소곤소곤 주식 이야기를 나누고 있었는데, 그 내용은 주식으로 돈을 벌었다는 것이었다. 때는 2015년, 스마트폰을 이용한 주식거래가 빠르게 확산하던 시기였다. 회사 컴퓨터로는 주식거래가 차단되어 있었고, 거래를 원하면 증권사에 전화해야 했다. 하지만 얼리어답터들은 이미 스마트폰으로 거래를 시작하고 있었다. 나역시 시대 흐름에 발맞추고 싶어졌다.

네이버에서 스마트폰으로 증권 거래하는 방법을 검색했다. 앱을 다운받고 계좌 개설까지, 일사천리로 진행되었다.

월급 외에 돈 버는 루트를 발견했다는 흥분감에 온몸이 들떠 손가락의 움직임이 빨라졌다. 20만 원을 계좌에 입금하고 거래를 시작했다. 손바닥만 한 스마트폰 화면 속에서 주식 차트를 바라보는 순간, 마치 청소년 시절 처음 게임을 접했을 때의 호기심이 되살아나는 것 같았다. 몇 번의 간단한 터치만으로 주식을 사고팔 수 있다는 사실은 놀라웠고 그 재미는 나를 주식의 늪에 서서히 빠져들게 했다.

스마트폰을 수시로 들여다보며 주식 거래에 몰입한 지 일주일쯤 되었을 때 나에게 예상치 못한 일이 벌어졌다. 내가 매수했던 종목이 며칠 만에 20만 원에서 30만 원으로 불어난 것이다. 매도 버튼을 눌러 수익을 확정지었다.

그날 저녁, 기분이 잔뜩 들떠 사무실 직원들에게 번개 회식을 제안했다. 10만 원으로 쿨하게 한턱냈다. 동료들이 "Y 대리, 멋지다!"라며 나를 치켜세우는 순간, 마치 구름 위를 떠다니는 듯한 기분에 휩싸였다.

다음 날부터 나는 하루에 10% 이상 오르는 종목을 찾아 모니터링하기 시작했다. 주식 차트의 움직임에 점점 매료되었고, 10%에서 20%의 수익을 내는 것이 당연한 일이라고 믿었다. 수익과 손실을 반복하며 숫자놀음에 익숙해지던 나는 어느새 신용 거래의 세계에 발을 들여놓고 말았다. 주린이(주식 초보자)라면 결코 해서는 안 될 선택이었다.

신용 거래란 100만 원을 보증금으로 내걸고, 400만 원을 빌려 총 500만 원어치의 주식을 매수하는 방식이다. '500만 원이 10% 상승하면 550만 원이 된다. 빌린 400만 원을 갚으면 나는 100만 원으로 50만 원을 버는 셈. 그러면 50% 수익이다!' 머릿속에서는 이런 계산이 끊임없이 되풀이되었다.

그러나 반대의 상황을 가정해야 했다. 주가가 연속으로 하락해 20% 떨어진다면, 500만 원은 400만 원으로 줄어든다. 증권사는 20% 하락 직전에 400만 원을 보전하기 위해 계좌를 강제 청산해 버리고, 나의 계좌는 순식간에 0원이 되어버린다. 신용 거래의 이러한 위험성에 대해 깊이 고민할 여유도 없이 나는 오로지 수익을 낼 수 있다는 희망에 집착한 채 점점 더 깊은 늪으로 빠져들고 있었다.

위험천만한 거래를 나는 무려 2년 넘게 지속했다. 몇백만 원에 불과하던 빚은 점점 불어나 2년이 지나자 3천만 원에 이르렀다. 밤잠을 설치며 '지금이라도 아내에게 솔직히 고백하고 용서를 구하자.'라고 셀 수 없이 고민했지만, 아내에게 말하면 결국 양가 부모님에게도 탄로 날 것이 겁났다. 그로 인해 쏟아질 비난과 질책이 두려워 입을 열 수 없었다. 정상적인 해결책을 찾기보다는, '어떻게든 되겠지'라는 허황된 희망에 매달리며 문제를 외면했고, 빚투라는 비정상적인 문제를 점점 더 키우고 있었다.

어느 날, 인터넷 신문을 읽다가 눈에 띄는 문구가 있었다.

"손실 계좌 복구시켜 드립니다!"

순간 가슴이 두근거렸다. 망설임도 잠시, 호기심과 간절함이 뒤섞인 마음으로 결국 클릭 버튼을 눌렀다. 페이지에 접속하자 주식 경력, 보유 잔고, 손실액 등 상세한 정보를 입력하라는 칸이 나타났다. 나는 무언가에 홀린 듯 모든 정보를 기입하고 마지막으로 상담을 위한 내 전화번호까지 남긴 후, 전송 버튼을 눌렀다.

이튿날, 한 통의 전화가 걸려 왔다. "고객님, 주식 관련 상담 요청하셨죠?" 친절한 목소리의 K 과장이었다. 그는 내 현재 상황을 하나하나 물어보며 상담을 시작했다. 나는 마치 기다렸다는 듯 속사정을 쏟아내기 시작했다.

"제가 주식 잔액이 마이너스 천만 원이에요. 여윳돈으로 한 것도 아니고 빚내서 한 것이라 너무 고통스럽습니다. 만회할 수 있을까요?"

"아, 그러시군요. 힘드셨겠어요. 많은 분들이 종목을 잘못 택해서 물려 계세요. 그러나 손해를 복구할 방법은 있습니다."

불안에 휩싸인 나는 그의 말을 무작정 믿고 싶었다. 아내가 모르는 마이너스 통장을 이용해 주식거래를 하고 있다는 사실도 털어놓았다.

"몇 개월이면 지금의 손해를 만회하고도 충분히 수익을 낼 수 있습니다."

현재 가진 종목을 정리하고 자기 회사의 주식 전문가가 리딩하는 대로 따라오면 따블 이상의 수익률이 가능하다고 했다. '따블이라. 내가 투입한 금액이 3천만 원이고, 마이너스 천만 원에 현재 보유한 잔액은 2천만 원이니, 따블 수익만 난다면 원래 투입한 금액에서 천만 원 수익이다.' 머릿속 계산기가 빠르게 돌아갔다. 다른 조건은 전혀 무시하고 그의 말대로 된다면 남는 장사겠다고 생각했다.

그가 이어서 말했다. "저희 정보가 고급이라서요. 한 달에

50만 원을 주셔야 제공하는 VIP 정보예요. 비싸죠? 그래서 이렇게 상담받으신 회원님께는 6개월 한꺼번에 가입하시면 할인 혜택을 드려요. 월 20만 원. 그러니까 6개월에 120만 원에 VIP 회원 자격을 드립니다." 6개월간 120만 원, 큰 금액이었지만 그의 말대로 된다면 마이너스 천만 원을 복구하고 플러스 천만 원이 된다. 12%의 수수료를 내고 단시간에 큰 이득을 보는 투자겠구나, 라고 생각한 나는 다시 한번 투자 대비 수익률을 계산하곤 그 자리에서 결정을 내렸다.

"네, 좋습니다. 정말 잘됐으면 좋겠어요."

실낱같은 희망에 기대를 잔뜩 거는 성격이 이때에도 유감없이 발휘됐다. 비밀스러운 정보를 나 혼자 알게 됐다는 들뜬 기분으로 인터넷 뱅킹 계좌에 접속했다. 이미 내 마음은 120만 원이 아깝지 않을 정도로 행운을 기대하고 있었다.

다음 날, 전화가 울렸다. K 과장이 말했던 주식 전문가, 별명은 주식공룡이었다. 그의 목소리는 신뢰감이 느껴지는 낮은 톤이었다.

"고객님, 안녕하세요. 말씀하신 내용을 모두 잘 들었습니다. 제가 알려드리는 대로 하시면 손해는 안 보실 겁니다."

흔히 들리는 '수익이 크게 날 것'이라는 과장된 약속 대신, '손해는 절대 없다'라는 그의 말에서 묘한 자신감이 느껴졌다. 그는 단기간의 큰 이익보다는 꾸준히 수익을 쌓아가는 전략을 쓴다고 설명했다. 나는 그의 말이 진실인지 검증하거나 의심해 볼 생각조차 하지 않았다. 단지 그의 말이 현실이 되길 간절히 바랄 뿐이었다.

며칠 후, 본격적인 컨설팅이 시작되었다. 그는 내가 보유한 종목들을 하나씩 정리하고, 자신이 추천하는 주력 종목들로 갈아타라고 조언했다. '체계적으로 코치해 주는구나'라는 생각이 들었고, 그의 말대로 나는 즉시 실행에 옮겼다.

2주 동안 모든 종목을 처분하고 그가 알려준 종목들로 갈아탔다. 주식공룡은 매일 아침 리딩 문자를 보내왔고, 나는 주식 창을 들여다보며 희망에 부풀었다. 나뿐만 아니라 다른 회원들에게도 같은 문자가 전달되고 있을 거라는 생각에 믿음이 더 강해졌다.

그가 추천한 주식이 실제로 오르기 시작했다. 하루에 10%씩 상승하는 것을 보며 심장이 두근거렸다. '이런 추세라면 정말 단기간에 수익을 두 배로 낼 수 있겠구나'라는 기대감이 점점 더 강해졌다.

마이너스 계좌를 복구하고 월급 외 수익을 낼 거라는 찬란한 미래를 꿈꾸며 하루하루를 힘들지 않게 보냈다. 이전에는 스트레스였던 회사 일이 이제는 크게 신경 쓰이지 않았다. 그보다 수십 배 중요한 일이 스마트폰 속에서 일어나고 있었으니까. 내가 정보를 직접 수집할 필요도 없이, 주식공룡이 알려주는 대로 주식을 사고팔기만 하면 편하게 돈을 벌 수 있을 것 같았다. 하지만 일면식도 없는 사람에게 내 계좌를 통째로 맡긴 것은 내 인생 최대 비극의 서막이었다.

도박과 이혼하겠습니다

목숨을 내건
투기

저녁 9시 무렵이었다. 아내는 이제 막 말을 배우기 시작한 둘째 아이와 공룡 장난감을 가지고 놀고 있었다. 나는 아내의 눈을 피해 장롱 깊숙이 넣어두었던 전세 계약서를 꺼내 순식간에 가방에 쑤셔 넣었다. 내 인생의 모든 성공과 실패가 이 작은 종이에 달려 있다는 긴장감으로 손에 땀이 흘렀다.

이튿날 아침, 대출 담당자를 만나기 위해 서울로 향하는 기차에 몸을 실었다. KTX 역에 도착하자마자, 계약 기간이 1년

여 남은 전세보증금 1억 5천만 원 중 9천만 원을 대출받았다.
나는 이 돈으로 주식공룡이 알려준 종목에 전부 베팅할 참이
었다. 그동안 잃었던 돈을 만회할 작정이었다.

대출한 돈 중 2천만 원은 매월 상환해야 할 원금과 이자로
남겨두고, 나머지 7천만 원으로 신용 거래를 추가해 1억 4천
만 원어치를 매수하기로 했다. 내가 처음으로 돈을 땄던 정
치 테마주에 대한 기억이 여전히 생생했기에, 이번에도 성공
하리라는 확신을 가졌다. 그러나 그 믿음은 하늘의 별을 따
겠다는 어리석은 꿈이었음을 그때는 알지 못했다.

2개월이 지나고, 내가 베팅했던 정치인이 여론조사에서 좋
은 성적을 유지하며 계좌는 수익을 내고 있었다. '주식 공룡
의 말이 맞는 걸까?' 속으로 쾌재를 부르며 희망이 커지는 순
간이었지만, 한 달도 채 지나지 않아 스마트폰에서 뉴스를
보다가 현기증이 나면서 앞이 캄캄해졌다. 그 정치인이 대통
령 선거에 출마하지 않겠다는 폭탄선언을 한 것이다. 손을
덜덜 떨며 화면을 바라보았다. 1억 4천만 원어치가 이틀 만
에 반토막이 나버렸다. 전세금에서 빼서 넣었던 7천만 원은
증권사의 반대 매매로 0원이 되어버렸다. 살길이 보이지 않

았다. 죽고 싶다는 생각이 엄습했다.

죽음의 공포와 싸우며 며칠 밤잠을 못 자고 고민하던 나는 살길을 찾기 위해 발버둥 쳤다. '하늘이 무너져도 솟아날 구멍이 있다'는 말을 계속 되뇌었다. 어떻게 생각해냈는지, 이번에는 우리 가족의 생명줄인 급여에 손을 대기로 했다. 사내 대출팀에 문의해 퇴직금을 담보로 대출할 수 있다는 사실을 알아내 2천만 원을 대출받았다.

원금과 이자는 매일 급여에서 공제된다. 월 상환 금액만큼 차감된 금액이 급여 계좌로 들어갈 테니 아내를 속이기 위해 급여를 다른 통장으로 받아야 했다. 대출금 상환 금액 때문에 적게 입금된 금액만큼 보태서 원래 급여 계좌로 송금했다. 정상적인 급여가 들어오는 것처럼 보이도록 안간힘을 썼다. 내 행동이 정상이 아니라는 생각조차 할 여유가 없었다. '본전을 찾겠다는 집념'은 사그라지지 않았고, 과거의 실수를 만회할 기회만 엿보았다. 대출금을 잘 운용하면 살아날 수 있다고, 나를 계속 세뇌했다.

하루에 수십만 원, 수백만 원을 딸 때도 있었지만 비슷하게 잃는 경우도 잦았다. 차트에 빨간색을 보면 흥분했고 파란색을 보면 겁에 질렸다. 극심한 우울증 증상은 무차별적인 주식 거래로 인해 악화되었고, 하루하루 롤러코스터를 타는 기분이었다. 약 복용량이 두 배로 늘어났다.

몇 달간 살이 쏙 빠질 만큼 제대로 먹지도, 자지도 못하고 생명을 걸다시피 주식에 목을 맸다. 사내 대출 자금까지 모두 잃어버렸을 때, 끝이라고 생각하기가 무섭게 다음날 차를 담보로 또 돈을 빌렸다. 중고로 팔아도 600만 원이 안 되는 차였지만 3금융권 저축은행에서는 고금리의 이자를 받을 수 있으니 큰 금액을 빌려주었다. 그러나 이 돈도 이틀 만에 모두 잃어버렸다.

머리가 핑 돌고 눈앞이 흐릿해졌다. 다리는 후들거리고 가슴은 마치 폭풍에 휘말린 바다처럼 요동쳤다. 죽음이라는 단어가 끊임없이 떠올랐다. '죽어야 끝나겠구나. 죽으면 이 고통이 없어질 거야.'라는 생각이 나를 옭아맸다.

몇 달 사이에 잃어버린 돈을 떠올리니 회복 불가능하다는 자포자기의 심정만 가득할 뿐, 누군가에게 도움을 구해야겠다는 생각도, 다른 방법을 궁리할 여지도 없었다.

가족에 대한 걱정이 있었다면 아내에게 달려갔을 테지만,

나는 이미 이성을 잃은 상태였다. 그저 이 세상에서 사라지는 것만이 답이라고 생각했다. 차를 몰고 인적이 드문 곳으로 가서 죽기로 결심했다.

GAMBLERS ANONYMOUS

08

내 발로 들어간
정신병원

아침 7시. 눈을 뜨니, 내가 누워 있는 곳은 대학병원 응급실
이었다. 산소마스크를 끼고 있는 내 곁에는 담담한 표정의
아내가 앉아 있었다. 그녀는 엉망이 된 내 바지에 묻은 흙을
조심스럽게 떼어내고 있었다. 그 모습이 어찌나 처연하게 보
였던지, 그 순간, 나는 눈물이 왈칵 솟구치고 가슴이 터질 듯
흐느꼈다.

"여보! 너무 미안해. 당신을 정말 호강시켜 주고 싶었는데,
잘살아 보려고 발버둥 친 게⋯⋯. 이 모습밖에 보여주지 못

58
도박과 이혼하겠습니다

해 미안해."

아내의 눈빛은 이미 강하게 마음먹은 듯했고, 그저 말없이 나를 지켜보았다.

그날 새벽, 나는 하늘이 두 쪽 나는 일이 있어도 가장으로서 결코 해서는 안 될 무책임한 선택을 했다. 아내와 두 아이의 미래보다 내 고통이 더 크다고 여겼다. 아내의 수십 통의 메시지와 전화가 쏟아졌지만, 나는 끝내 응답하지 않았다.

잠시 후, 한 여성이 내 곁으로 다가왔다. "지금 심정이 어떠세요?" 그녀가 조심스럽게 물었다. 좀 전에 아내에게 말했던 것처럼 나는 가족에게 미안한 마음이 든다고 대답했다. 그녀는 "지금 마음이 너무 힘드셔서 긴 얘기는 힘드실 테니, 퇴원하시고 상담이 필요하시면 연락해 주세요."라며 전화번호를 건네주었다. 자살 시도한 사람들을 위한 '생명의 전화'였다.

오후에는 집 근처 작은 병원의 조용한 입원실로 옮겨졌다. 담당 의사 선생님이 처음 나를 보시고 물으셨다.

"자살 시도 후 처음으로 눈 뜨고 환자분이 살았다는 걸 알았을 때, 기분이 어땠는가요?"

"살아서 다행이고, 감사하다는 생각이 들었어요."

나의 극단적인 행동은 짧은 시간에 감당할 수 없는 돈을 잃었다는 극심한 공포에서 비롯된 우발적인 사건이었다는 생각이 들었다. 만약 한 번의 잘못된 선택으로 내 삶이 끝났다면, 우리 가족은 평생 나를 얼마나 원망하며 고통 속에서 살아가게 되었을까. 순간 정신이 아찔해졌다.

아내로부터 연락을 받고 회사에서 부장님이 찾아오셨다. 내 상태를 살펴보며 마치 형이 동생을 타이르듯 부드러운 말투로 물으셨다.

"아이도 이렇게 귀여운데, 왜 그런 행동을 했어? 얼마나 힘들었길래? 금전 피해가 얼마나 되는 거야?"

사정을 들은 부장님은 딱하다는 표정으로 말씀하셨다.

"내 형님도 40대에 사업에 실패하고 빚을 갚을 돈이 없어 감옥까지 간 적이 있어. 하지만 형님이 살고자 하니 결국 방법이 생기더라고. 뒤늦게 공부하시고 지금은 목회까지 하시면서 행복하게 살고 계셔."

아직 젊으니 너무 걱정하지 말고 건강부터 챙기라는 그의 조언에 마구 두근거리던 심장박동이 잠시나마 가라앉았다. 하지만 몸이 조금 안정되자, 머릿속에는 또다시 온갖 걱정이 되살아났다. 과거의 실수에 대한 후회, 이토록 나약한 내가 가족을 제대로 책임질 수 있을까, 그리고 앞으로 사람들은 어떻게 만날까 하는 두려움이 끝없이 밀려들었다.

나는 이미 정상적인 정신 상태에서 한참 벗어나 있었다. 심리적인 안정이 절실했다. 고민 끝에 아내에게 정신병동에 입원하겠다고 말했다. 덜컹거리는 가슴을 가라앉히고, 그동안의 삶을 되돌아보며 마음을 정리하고 다시 살아갈 용기를 찾고 싶었다.

다음 날, 같은 병원 내 정신병동으로 옮겨졌다. 4인실이었다. 방 안은 퀴퀴한 냄새와 삭막한 분위기로 가득 차 있었고, 환자들은 무표정한 얼굴로 자리를 지키고 있었다. 침대에 앉아 있거나 누워 있는 사람들 모두 생기라곤 없었다.

내 옆자리 남자는 수시로 욕을 내뱉었다. 그는 폭행 사건 때문에 재판 중인 사람으로, 판사에게 반성문 100장을 제출해야 한다고 했다. 모나미 볼펜을 손에서 놓지 않고 끊임없이 글을 적는 그의 모습은 씁쓸하면서도 한편으로 우스꽝스러워 보였다. 반대편의 남자는 무언가 경전 같은 것을 읽고 있었다. 그는 책을 읽으며 혼잣말을 중얼거리다가 잠들고, 다시 깨어나 똑같은 행동을 반복했다. 그의 단조로운 행동은 기계적이었고, 표정을 보니 다른 세계에 있는 것 같았다.

배식 시간이 지나고 식사를 마친 뒤, 소화를 시킬 겸 복도로 나갔다. 폐쇄병동 특유의 정적이 감돌았다. 다양한 연령대의 환자들이 보였고, '저 사람들은 무슨 일 때문에 이곳에 왔을까?' 하는 호기심을 가지며 그들의 표정을 살피며 걸었다. 복도 반대편에서 다가오던 한 남자가 걸음을 멈추고 나를 쳐다보았다. 50대 후반쯤 되어 보이는 그가 대뜸 물었다.

"형씨는 왜 이곳에 오게 되었소?"

"우울증이 너무 심해서 입원했어요."

어떻게 대답할지 몰라 잠시 멈칫한 후, 떠오르는 대로 대답했다.

"우울증! 그것 참 무서운 병이지."

그는 내 말을 듣더니 고개를 좌우로 가로저으며 짧게 말했다.

두 달 같은 2주가 흘렀다. 칙칙한 병원 안의 공기와 통제된 입원 생활이 답답하게 느껴졌다. 씻는 것조차 불편하고, 아무것도 하지 않고 밥 먹고 침대에서 자다가 기껏해야 복도를 걷는 일이 반복되니, 감옥 같은 이곳에서 하루라도 빨리 벗어나고 싶어졌다. 아내에게 전화를 걸어 "여보, 나 지금 나가도 될 것 같아. 마음이 많이 안정되었어. 아이들도 보고 싶어."라고 말하며 퇴원 절차를 밟아 달라고 부탁했다. 정신병동에서 과거의 실수를 반성하고 다시 시작할 수 있는 용기를 얻었다고 생각하며, 앞으로 주식에는 절대로 손을 대지 않으리라 작심했다.

나를 구원해 줄 곳을 찾아서

아내는 내가 여전히 기운을 내지 못하는 모습을 보며 혹시 다시 사고가 나지 않을까, 두려웠는지 내게 심리 상담을 받아보라고 권했다. 나 역시 이대로는 안 된다는 생각이 들었다. 응급실에서 만난 여성이 가르쳐 주었던 '생명의 전화'가 떠올랐다. 떨리는 마음으로 상담 전화를 걸었다. 내 이야기를 차분히 들은 상담사는 구청 보건소 내 통합 건강 관리실을 추천해 주었다. 아내와 함께 곧바로 그곳으로 향했다. 보건소 건물 앞에 서니, 긴장감이 나를 움츠러들게 했다. 상담실로 들어가 선생님을 만났다. 주식 투기와 자살 소동에 얽힌 전말을 차근차근 이야기하자, 상담 선생님은 잠시 고민하더니 조심스러운 목소리로 말했다.

"도박중독과 관련이 있을 것 같습니다. 다른 전문 기관을 안내해 드리겠습니다."

집으로 돌아오자마자 1336, 한국도박문제예방치유원 헬프라인에 전화를 걸었다. 나의 목소리는 떨렸고, 전화를 받는 상담사의 대답을 듣는 동안 심장이 쿵쾅거렸다. 하루 정도 지나, 내가 사는 지역과 가까운 도박문제예방치유센터에서 연락이 왔고, 상담 예약 날짜를 잡았다.

일주일 뒤, 도박문제예방치유센터에서 상담사를 만났다. 그동안 내가 겪었던 일들을 이야기하는 데만 30분이 넘게 걸렸다. 상담 선생님은 내 심리 상태와 사건들의 경위를 꼼꼼히 기록했다. 그리고 나에게 한 권의 검사지를 건넸다. 검사지를 읽으며 답을 채워 나갔다. 도박 기간, 빈도, 경제적 손실, 가족 및 직장에서의 문제, 그리고 스트레스와 불안 같은 감정 상태를 묻는 질문들이었다. 질문 하나하나가 나의 비정상적인 행동들을 떠올리게 했다. 새벽 두세 시까지 잠을 이루지 못하던 날들, 한순간의 쾌락을 위해 모든 것을 걸었던 기억들이 머릿속을 스쳤다. 검사 결과는 1주일 뒤에 나온다고 했고, 다음 상담 날짜를 잡았다. 1주일 후, 나는 상담사에게 암울한 결과를 들었다.

"내담자분은 도박중독이 매우 심각한 상태로 나타났습니다. 앞으로 지속적인 상담과 관리가 필요합니다."

그 말을 듣는 순간, '도박중독'이라는 단어에 가슴이 철렁 내려앉았다. 상담은 매주 한 번씩 총 8회에 걸쳐 진행되며, 필요하다면 더 연장할 수 있다고 했다. 회사에 휴가를 내야 할 일이 떠올라 걱정이 앞섰다. 최대한 마음을 다독이며 침착하려고 애썼다. 지금 벌어진 일들을 수습하기 위해서 어쩔수 없이 해야 할 일이라고 스스로를 다독이며, 무거운 마음을 안고 센터를 나섰다.

GAMBLERS ANONYMOUS

10

도박문제예방
치유센터 상담

상담 2주 차가 되는 날이었다. 이번에는 아내가 함께 가겠다고 했다. 상담센터의 분위기를 직접 보고 싶다며, 나보다 더 단호한 얼굴로 문을 나섰다. 아내와 나란히 센터로 향하는 내내 발걸음이 천근만근 무거웠다. 상담실 문을 어색하게 두드리고 상담 예약이 되어 있다고 말한 뒤 잠시 기다렸다. 지난주에 만났던 상담사 선생님이 밝은 얼굴로 나를 맞아주었다. 상담사와 나는 작은 상담실로 들어가고 아내는 밖에서 기다리겠다고 했다.

인적 사항을 적고, 상담은 곧바로 핵심으로 들어갔다. 상담

67
1장 급행인 줄 알았던 역주행

사 선생님의 첫 질문이 날 기습했다.

"지금 채무가 얼마나 되세요?"

순간 머릿속이 하얘졌다. 빚이 얼마인지 정확히 계산도 못 하는 내가 한심하게 느껴졌다. '이렇게까지 망가져 놓고도, 아직 현실을 모르는 거야?' 자책감이 몰려왔다. 머릿속으로 숫자를 끌어모았다.

"1억은 훨씬 넘는 것 같아요. 정확한 건 정리를 해 봐야 알 것 같아요."

상담사는 조금도 놀라는 기색 없이 담담하게 다음 질문을 이어갔다.

"그동안 부인에게 거짓말을 많이 하셨지요?"

그 말은 마치 내 지난 몇 년간의 행적을 이미 훤히 꿰뚫고 있다는 듯한 뉘앙스였다. '그래, 나 같은 사람들을 얼마나 많 이 봤겠어.'라고 생각하며 나는 솔직해지려 애썼다.

"아내에게 거짓말을 밥 먹듯이 했어요. 도박 문제가 일어 나기 전부터요. 다단계에도 빠져서 아내에게 하루가 멀게 거 짓말을 했고……."

이야기를 꺼내는 동안, 지난 세월이 주마등처럼 스쳐 지나

도박과 이혼하겠습니다

갔다. 다단계와 주식으로 인해 무너진 날들, 부모님의 집까지 저당 잡혀 생긴 빚, 그리고 그 모든 무게에 눌려 목숨을 끊으려 했던 그 절망의 순간까지. '내가 왜 이렇게까지 됐을까.' 내 처지를 떠올리니, 그저 어처구니가 없었다. 상담사는 내 말을 듣곤 매우 진지한 표정으로 말했다.

"도박중독에서 벗어나는 첫 번째 단추는 오픈입니다. 혹시라도 더 감춘 것이 있다면, 지금이라도 모두 부인께 말씀하셔야 해요."

"네."라고 대답은 했지만, 상담사는 내 말을 곧이곧대로 믿는 눈치는 아니었다. 그의 시선이 송곳처럼 내 가슴을 찔렀다.

"다음 상담은 일주일 후로 하겠습니다. 수고하셨습니다."

상담실을 나서니 아내가 기다리고 있었다. 아내는 진료를 마치고 나온 환자를 바라보는 보호자처럼 내 얼굴을 살폈다. 상담사 선생님은 엘리베이터까지 우리를 배웅하며 따뜻한 미소로 격려해 주셨다.

집으로 돌아가는 길, 아내와 상담실에서 나눈 이야기를 하며 내 마음은 여전히 초조함으로 가득 차 있었다. 상담사와의 대화 중 아내에게 유리한 것만 골라 말하고, 정작 중요한 진실은 숨긴 채로 있었다. '모든 것을 털어놓아야 비로소 단도박이 시작된다.'라는 상담사의 마지막 당부를 철저히 외면한 나는 여전히 아내를 속이고 있었다. 그 사실이 계속 내 목덜미를 잡고 늘어지는 것 같았다.

도박과 이혼하겠습니다

GAMBLERS ANONYMOUS

11

20만 원으로
1억을 만들겠다

"부인께 선생님의 휴대전화를 숨김없이 보여주는 것부터
가 단도박의 시작입니다."

두 번째 상담을 마치며 상담사가 건넨 말은 내 마음에 돌덩
이가 얹힌 듯한 불편함을 남겼다. 그의 표정은 마치 내가 여
전히 도박을 하고 있다는 사실을 알고 있는 듯했다. 나는 그
순간에도 들키지 않으려 애썼다. 의연한 척, 아무렇지 않은
척했지만, 상담실 문을 나서는 순간부터 복잡한 심경이 나를
짓눌렀다. '만약 아내가 정말 내 휴대폰을 보자고 한다면 어

떻게 하지?' 두려웠지만, 동시에 내가 착실히 상담받고 있다는 모습에 아내는 별다른 의심을 하지 않을 것이라 스스로를 안심시켰다. 어차피 대출을 낸 것도 아니고, 지금은 소액으로 연습하는 단계니까.

정신병원에서 퇴원한 지 몇 달이 지났다. 시간이 흐를수록 불안함이 몰려왔다. 회사에서 퇴직할 때까지 다녀도 빚을 모두 갚지 못할 거라는 계산이 머릿속을 떠나지 않았다. 그러던 중 인터넷에서 비트코인 이야기가 눈에 들어왔다. 대학을 갓 졸업한 청년이 50만 원으로 1억 5천만 원을 만들었다는 이야기는 마치 구원의 밧줄처럼 나를 끌어당겼다. 나는 아내 몰래 새로운 통장을 개설하고 회사 출장비를 조금씩 모으기 시작했다.

'코인으로 다시 성공할 수 있을까?'라는 의문보다 '빨리 원상회복을 해야겠다'라는 욕심이 더 크게 나를 사로잡았다. 20만 원이 모이자 나는 비트코인 거래를 시작했다. 가상 지갑을 만들고, 거래소에 돈을 입금해 비트코인을 구매했다. 차트를 바라보며 설렘과 흥분에 휩싸였다. 가격 변동 폭이 큰 비트코인을 보며 잠들 줄 몰랐고, 밤낮없이 유튜브를 통해 거래 방법을 배우며 몰두했다.

또 다른 유혹이 다가왔다. 비트코인 선물 거래였다. 주식거래 당시에는 선물은 하지 않겠다고 다짐했었다. 선물 거래는 패가망신의 지름길이다, 라는 경고를 수도 없이 들었으니까. 하지만 비트코인은 다를 것이라는 생각이 들었다. '몇만 원으로도 거래할 수 있으니, 설령 잃어도 푼돈일 뿐이야.' 나는 그렇게 자신을 합리화하며 거래를 시작했다. 20만 원으로 시작한 거래 규모가 서서히 불어나기 시작했다. 한 달이 채 지나지 않아, 내 계좌의 잔액은 200만 원을 넘어서 있었다.

'이 속도라면 200만 원이 2천만 원, 그리고 1억이 되는 건 시간문제야.'

밤마다 잠을 이루지 못하고 차트를 들여다보며, 유튜브로 공부한 시간들이 결코 헛되지 않았다는 자신감이 서서히 커져갔다. 그러나 이중생활은 결코 쉬운 일이 아니었다. 낮에는 내가 해야 할 역할을 가까스로 해내며 시간을 보내고, 밤에는 차트와 씨름하는 일상이 반복되었다. 주말이면 피로에 지쳐 낮잠을 자는 일이 흔해졌다.

그런 어느 주말, 아내가 갑자기 큰 소리로 외쳤다.

"여보, 이거 뭐야? ○○아, 아빠 좀 깨워봐."

잠결에 비몽사몽 상태로 거실로 나갔다. 아내는 내 휴대폰을 들고 비트코인 차트를 가리키며 추궁했다. 순간, 머릿속이 하얘졌다.

"아, 그거? 예전에 주식 투자하면서 개인정보가 유출됐는지 이상한 링크가 계속 와서…… 내가 무의식적으로 터치했더니 그런 게 뜬 거야. 그걸로 뭘 한 건 없으니까 걱정하지 마."

말도 안 되는 변명이 입에서 1초의 머뭇거림도 없이 튀어나왔다. 거짓말은 이미 나의 생활 방식이 되어버린 듯했다. 아내를 속이면서도 죄책감이 들지 않았다. 밤마다 들리는 상담사의 목소리가 머릿속을 파고들었다.

"모든 걸 털어놓아야 비로소 회복의 길로 나아갈 수 있습니다."

나는 여전히 그 길로 들어서지 못하고 있었다.

도박과 이혼하겠습니다

GAMBLERS ANONYMOUS

12

코로나보다
더 무서운 병

코로나19가 나의 도시를 덮치기 직전, 회사에서 보낸 문자에는 경고의 메시지가 담겨 있었다.

"전 직원은 마스크를 반드시 착용하고, 수시로 손을 씻기 바랍니다. 호흡기 증상 등 조금이라도 이상이 있으면 즉시 보고 바랍니다."

처음에는 이 메시지가 지나친 우려처럼 느껴졌지만, 우려는 곧 현실이 되었다. 언론은 환자들의 동선을 상세히 보도했고, 숫자로 구분된 환자들은 익명의 공포가 되어 도시를

휘감았다. 그날의 불길함은 나에게도 현실로 닥치고 말았다. 같은 사무실에서 나와 동선이 겹쳤던 여직원이 확진 판정을 받은 것이다. 회사는 즉시 모든 직원을 퇴근시키며 인근 보건소에서 검사를 받도록 했다. 검사를 마치고 집으로 돌아온 후, 결과를 기다리며 격리된 시간은 초조함의 연속이었다.

다음 날, 양성 판정을 알리는 문자가 도착했다. 마치 영화 속 한 장면처럼 믿기 어려웠다. 기억을 더듬어 보니 여직원과 내가 마스크 없이 가까이서 대화했던 순간들이 떠올랐다.

'이런 일이 내게도 일어날 줄이야……'

이윽고 구청에서 연락이 왔고, 119구급차가 나를 병원으로 이송했다. 마스크와 방호복으로 무장한 의료진이 나를 맞이했을 때, 나는 스스로가 바이러스 덩어리처럼 느껴졌다. 입원한 4인실은 출입문 입구 전체가 비닐 막으로 덮여 있었다. 철저히 격리되어 있어 병실 밖으로 나가는 것은 꿈도 꿀 수 없었다. 처음 며칠은 증상이 없었기에 휴식이라 생각했지만, 고립된 생활은 곧 지루함으로 바뀌었다. 그 지루함 속에서 또 다른 병이 깨어났다.

'내겐 목표가 있었지…… 1억을 벌겠다는 목표.'

가방에서 노트북을 꺼냈다. 주식시장은 곤두박질쳤지만, 비트코인은 의외로 안정적이었다. 아니다. 그렇게 보였을 것이다. '비트코인은 국경을 초월하니 코로나에도 끄떡없어.'라는 희망이 나를 감쌌다. 가지고 있던 200만 원어치 비트코인을 담보로, 천만 원어치를 5배 레버리지로 매수했다. 비트코인이 20% 하락하면 모두 잃는 구조였지만, 매매 패턴을 분석한 결과 하루에 ±15%를 넘는 변동은 드물었기에 자신감이 있었다.

텔레그램 방에서 정보를 주고받으며, 2주 이내에 잔액을 2천만 원까지 늘릴 수 있을 것이라는 기대감에 부풀었다. 차트를 지켜보며 돈이 불어나길 꿈꾸던 그때, 내가 코로나 환자라는 사실조차 잊었다.

그러나 입원 7일째, 비트코인은 하루 만에 반토막이 나버렸다. 역사상 유례없는 폭락이었다. 내가 거래한 금액은 단 몇 분 만에 사라졌다. 가까스로 만들어 낸 200만 원을 잃는 순간은 수천만 원을 잃은 것처럼 허탈하고 절망스러웠다. 가슴이 쿵쾅거리고 눈앞이 캄캄했다. 침대에 누운 채 멍하니 천장을 바라보며 눈물을 흘렸다.

하지만 이 모든 것이 끝이 아니었다. 나는 또다시 방법을 찾기 시작했다. 이번에는 신용 대출이었다. 과거에 아내와 다짐했던 약속은 이미 잊힌 지 오래였다. 전세금으로 일부 빚을 갚은 덕에 신용 점수가 올랐을 것이었다. '막혔던 신용 대출이 이제는 가능하지 않을까?'라는 생각이 머리를 떠나지 않았다.

바이러스보다 무서운 것은 내 안에 자리 잡은 탐욕과 집착이었다. 이 병은 끝날 기미가 보이지 않았다.

GAMBLERS ANONYMOUS

13

여기가
바닥

대출 한도를 알아보기 시작했다. 인터넷 사이트와 은행 거래 사이트는 대출 한도를 확인하기에 매우 쉬운 환경을 제공했다. 간단한 개인정보만 입력하면 대출 가능 금액을 바로 알 수 있었다. 1금융권은 자격 미달로 2금융권을 알아보았다. 대출 한도 조회 버튼을 누르는 순간 심장이 두근거렸다. 결과는? 아, 아직 내게 대출 한도가 남아있었다. 짧은 기간이지만 상환을 충실히 하고 연체가 없었기 때문일 거다. 순전히 아내가 우리 가족을 위해 마음고생하며 올린 점수였을 것이다. 그러나 나는 아내와 아이들의 힘듦을 느끼지 못했다.

모든 것이 비대면으로 척척 이루어졌다. 나는 겁 없이 2천만 원이라는 빚을 냈다. 하루 만에 통장으로 돈이 들어왔다. 20만 원으로 200만 원을 만들었던 경험 덕분에, 2천만 원을 조심스럽게 굴린다면 그동안 빚을 갚는 데 충분할 거로 생각했다. 빨리 빚을 다 갚으면 나의 죄책감은 사라질 것이고, 다시 가족에게 떳떳한 가장의 모습을 보일 수 있을 거라는 기대를 품었다.

'이번이 정말 마지막이다.'

이전에 거래했던 사이트에서 탈퇴하고 새로운 거래소에 가입했다. 나름 안전하게 하겠다고 거래소를 세 곳으로 분산했다. 한 번에 투자했다가 모두 잃는 위험을 줄이기 위해서였다. 인터넷 방송에서 거래를 생중계하는 사람들의 사례를 보며 '잃지 않는 매매법'을 배워 나갔다. 하룻밤에 수천만 원씩 따거나 잃는 사람들을 보며 '나는 조심해서 잘할 수 있어.'라며 무모한 자신감을 가졌다.

두어 달 동안, 하루에 수십만 원을 따거나 잃기를 반복하다가 나도 모르게 거래 규모를 점점 키워버렸다. 어느 날, 천만

도박과 이혼하겠습니다

원 넘게 수익을 실현하는 날이 생겼다. 나는 흥분한 나머지 거래를 분산한다는 원칙을 어기고 계좌를 하나로 합쳐 풀베팅에 나섰다. 비트코인 폭락의 날도 경험했던 나였기에 웬만한 등락률에는 멘탈이 흔들리지 않을 거라는 자만에 빠졌던 것이다.

아내 몰래 빌린 돈이었다. 그것도 이미 억대의 빚이 있는 상태에서 추가로 대출한 돈이었기에, 이걸 잃으면 내 인생을 송두리째 잃는다는 두려움이 마음 깊은 곳에 깔려 있었다. 수시로 두근대는 가슴을 진정시키려고 술을 마신 후 매매했다. 10분 단위로 차트를 보며 내가 베팅한 방향으로 움직이면 희열을, 반대 방향으로 움직이면 극도의 불안과 긴장감을 느꼈다.

하루는 집에서 둘째 아이가 함께 놀아달라고 나의 팔을 잡아끌었는데, 마침 계좌가 위험에 처해 있었다. 그 순간, 아이가 너무 성가시고 미워 "제발! 저리 가라고!" 소리 지르며 밀쳐냈다. 아이는 영문도 모르고 난생처음 보는 아빠의 모습에 놀라 울며 거실로 뛰쳐나갔다. 그 순간, 내 마음속에 티끌처럼 남은 양심이 무너지는 걸 느꼈지만, 덫에 걸린 쥐처럼 도박 계좌에 눈과 손, 나의 온 정신을 빼앗겼다.

　태풍이 한반도를 덮치던 2020년 8월 중순쯤, 빌려온 2천만 원마저 전부 잃었다. 눈앞이 캄캄해졌다. 그 순간 머릿속에 떠오른 것이라곤 친한 동생이나, 그것도 안 되면 사채업자에게 돈을 빌릴 수 있을까? 하는 생각밖에 없었다. 동생에게 50만 원만 빌려달라고 전화했지만 구하지 못하고, 인터넷으로 찾은 사채업자에게 전화를 걸었다. 그 순간 내 모습이 너무 비참하고 처량하다는 걸 느꼈다.

　'도박으로 목숨 거는 짓을 제발 그만해. 너 하나 때문에 온 가족까지 위험에 처해 있어!'라는 목소리가 마음속에서 들려와 괴로웠다. 집에 들어가지 못하고 태풍으로 불어난 강물을 보며 뛰어들고 싶다는 생각이 들었다. 가족 생각에 눈물이 뺨을 타고 주르륵 흘러내렸다. 그렇게 나는 강물처럼 휘청거리며 다시 한번 선택의 갈림길에 서게 되었다.

도박과 이혼하겠습니다

GAMBLERS ANONYMOUS

14

또다시 받은
용서

또다시 아내를 속이고 대출받아 비트코인 도박으로 모두 잃었다는 죄책감에 나는 밤새 한숨도 잘 수 없었다. 잃은 돈을 되찾을 방법은 없을까. 앞으로 이 큰 빚을 다 갚을 수 있을지, 아이들이 커가는데 교육은 제대로 할 수 있을지. 아내에게 솔직하게 얘기하면 양가 부모님 귀에 또 들어갈 텐데, 나는 어떻게 얼굴을 들 수 있을까. 온갖 생각들이 머릿속에서 지끈거렸다.

불안은 가슴에서 시작해 목구멍으로 차오르고, 결국에는

숨이 막힐 것만 같았다. 내 마음과 상관없이 시간은 무심히 흘렀다. 이튿날 아침은 휴일이었지만 나는 침대에 누워 있을 수가 없었다. 콩닥거리는 가슴을 부여잡고 안절부절못하며 거실과 방을 왔다 갔다 했다. 가슴이 터질 것 같아 견딜 수가 없었다.

아내도 내 모습에 뭔가 문제가 있음을 눈치챈 듯했다. "무슨 일 있어?" 아내가 물었지만, 차마 대답하지 못했다. 내가 계속 머뭇거리는 사이 아내는 옷을 챙겨 입더니 말없이 혼자 집 밖으로 나갔다.

'어딜 가는 걸까? 설마 아버지에게 가는 걸까?'

절벽으로 치닫는 것처럼 내 마음은 초조해졌다.

'더 이상 숨길 수 없을 것 같다.'

아내가 외출한 사이, 나는 고백할지 말지 결정을 내려야만 했다. 세 시간 후 아내가 돌아왔다. 나중에 알게 된 사실은, 아내가 도박문제예방치유센터 사무실에 가서 상담을 받고 왔다는 것이었다. 그곳에는 30년 동안 도박을 하다가 회복 중인 분이 인턴 직원으로 상담을 해주고 있었고, 아내는 예전에 나와 함께 센터에 상담하러 갔을 때 그분과 잠시 대화를 나눈 적이 있었다. 그래서 아내는 지금 내 상황을 이야기하고 대처 방법을 의논하고 왔다고 했다.

말을 입 밖으로 꺼내는 것이 두려웠지만, 나는 이미 한계에 다다랐다. 마침내 식탁 앞에서 목구멍까지 차올랐던 말을 터뜨렸다.

"여보, 나 또 도박에 손댔어. 정말 미안해. 또 죽고 싶단 생각만 들었어. 너무 무서워. 우리 가족이랑 다시 오손도손 잘 살고 싶어."

나는 말하는 내내 수치심과 회한에 북받쳐 울먹였다. 아내는 내 예상과는 전혀 다르게 전혀 감정의 동요 없이 침착하게 내 이야기를 들어주었다.

"얼마나 잃었어?"

"2, 2천만 원……."

아내는 담담하게 내 손을 잡으며 말했다.

"이제 그만하자. 모든 걸 다 정리하고 다시 시작하자."

예상치 못한 아내의 말에 나는 샘이 터지듯 눈물을 쏟아냈다. 우울증, 다단계 사업, 주식, 비트코인…… 내 삶에 없었으면 좋았던 일들이 눈물에 씻겨 내려가길 바랐다.

2장

GAMBLERS ANONYMOUS

출구를 향해

GAMBLERS ANONYMOUS

GAMBLERS ANONYMOUS

01

도박중독자들을 만나다

2020년 8월 15일, 광복절. 그날은 내가 도박에서 벗어나려는 첫걸음을 내디딘 날이다. 아내와 두 아이의 손을 꼭 잡고, GA(Gamblers Anonymous: 단도박 모임)에 참석하기 위해 도박문제예방치유센터로 향했다. GA는 도박중독자들이 자발적으로 모여 서로의 경험을 나누고, 도박을 끊기 위한 방법을 함께 찾는 자조 모임이다. 이동하는 동안 내 기분은 그저 착잡할 따름이었다. 과연 이곳이 나에게 뾰족한 해결책을 줄수 있을까?

유리문을 열고 센터 로비로 들어서니, 자신을 'L 선생님'이라고 소개한 60대 남성분이 우리 가족을 반갑게 맞아주었다. 이미 많은 사람이 와 있었고, 다양한 연령대의 남녀가 서로 인사를 나누며 이야기를 나누고 있었다.

L 선생님은 내가 처음 GA에 왔으므로 짧은 상담이 필요하다고 하시며, 작은 상담실로 나를 안내했다. 상담은 설문지를 통해 진행되었다. 기본적인 인적 사항과 현재 채무 금액 등을 적고, '도박성을 판별하기 위한 20가지 질문'에 하나하나 체크해 내려갔다. 도박으로 인해 수면에 지장이 있었는지, 가족에게 거짓말을 했는지, 빚을 갚기 위해 도박을 했는지 등 20가지 질문 중에서 7가지 이상에 해당하면 도박중독자로 보는데, 나는 무려 17가지에 동그라미를 쳤다.

'도박 자금을 마련하려고 돈이 될 만한 것을 판 적이 있는가?'라는 질문에 잊고 있던 사건들이 떠올랐다. 책을 중고로 팔아서 도박 자금을 마련한 기억, 금으로 덮어씌운 어금니에 탈이 생겨 뽑게 되었을 때, 그 뽑은 금니를 팔아 번 돈 3만 원을 비트코인 선물 거래에 사용했던 기억이 떠올랐다. 부끄럽고 씁쓸한 기분이 몰려왔다.

회합이 시작되었다. 직사각형 모양으로 배치한 회의 테이블에 서로를 선생님이라고 부르는 남성들이 앉아 있었다. '도박 문제가 나 혼자만의 문제가 아니구나'라는 생각이 스쳤다. 30대 중반쯤으로 보이는 사회자가 시작을 알리는 멘트를 했다.

"단도박 생활의 지속과 성격 변화를 위한 ○○차 ○○단도박 모임을 시작하겠습니다. 지난 1주일 동안의 생활을 돌아보고……."

그의 또랑또랑한 목소리가 고요한 공간에 울려 퍼졌다. 사회자는 이어서 노란색의 얇은 책자를 한 사람씩 돌아가며 읽도록 했다. 단도박 모임이 생긴 이유, 도박중독자들의 특성, 도박을 끊기 위한 단계 등이 적혀 있었다.

나도 옆에 앉아 있는 선생님 다음 순서가 되자 해당 페이지를 읽었다. '이곳에서 책을 읽고 이야기를 나누는 것만으로, 빚 문제나 우울증, 멀어진 가족과의 관계가 해결될 수 있을까? 이 시간에 아르바이트라도 더 해서 돈을 벌어 빚을 갚는 것이 더 현명한 방법은 아닐까?' 이런 생각이 들어 집중되지 않았다. 앉아 있는 내내 불안과 회의감이 교차했다.

책자를 모두 읽은 뒤, 참석자들은 한 사람씩 1주일 동안의 경험을 이야기하기 시작했다. 도박에 관한 생각이 얼마나 자주 떠올랐는지, 그리고 단도박을 위해 어떤 노력을 했는지에 대해 나누었다. 한 선생님은 운동을 시작했다고 말했고, 또 다른 선생님은 단도박 일기를 쓰고 있다고 했다. 각자의 이야기를 마치면, 다른 이들은 박수로 격려했다.

나만 빼고 다른 선생님들의 표정은 모두 편안해 보였다. 어쩜 저렇게 편안한 표정을 지을 수 있을까? 도박중독자라면 모두 많은 문제를 안고 살 텐데. 나는 아직 빚 갚는 걱정에서 벗어나지 못하고 있는데, 이 모임에 계속 참여해야 한다는 말에 심경이 더욱 복잡해졌다.

도박과 이혼하겠습니다

GAMBLERS ANONYMOUS

02

아내를아내라, 남편을 남편이라부르지않는 그곳

이곳에서는 '아내' 혹은 '남편'이라는 호칭을 쓰지 않는다. 남자는 '선생님', 여자는 '여사님'이라고 부른다. 가족이라는 정서적인 가까움에서 한 발짝 떨어져 도박중독 환자로 바라보고, 인간적인 존중을 유지하기 위해서다. 평소에 부르던 호칭을 그대로 쓰며 대화하다 보면 감정이 격해져 말다툼으로 번지는 경우를 방지하기 위함도 있다.

2차 회합이 시작되었다. 1차 회합은 협심자들끼리, 가족은 가족들끼리 모임을 하지만, 2차 회합은 협심자와 가족들이 함께 토론하는 자리였다. 사회자가 운을 뗐다.

"오늘 신규 협심자 Y 선생님이 처음으로 참석하셨습니다. 어떤 문제로 이곳에 참석하게 되었는지 소개 부탁드립니다."

나는 열댓 명이 둥글게 마주 앉은 사람들이 주목한 가운데, 약간 떨리는 목소리로 조심스레 이야기를 시작했다.

"16년도부터 주식에 손을 댔고, 아내 몰래 수천만 원씩 빚을 내어 주식과 코인 거래를 했습니다. 마지막에는 전세보증금을 담보로 대출받아 큰돈을 잃었고 사랑하는 가족들을 내버려둔 채 혼자 죽으려고 했지만, 천운으로 살아났습니다. 센터는 1년 전에 방문했지만, 상담받는 동안 계속해서 도박했습니다. 여동생과 지인에게 돈을 빌리려 전화하고 사채를 알아보는 저 자신을 보자, 이건 아니다 싶어 아내에게 모든 걸 털어놓았습니다."

다른 참석자들을 쳐다볼 여유도 없이 나는 고개를 숙인 채 말을 마쳤다. 내가 말을 마치자, 사회자는 힘들었을 텐데 어려운 이야기를 꺼내 주어 감사하다고 말하며 아내에게도 정중히 부탁했다.

"P 여사님, 그동안 맘고생이 심하셨을 텐데, 이곳에 잘 오셨습니다. 힘드시겠지만 그동안 있었던 일들을 간략하게 말씀해 주시겠어요?”

“남편이 여기저기서 대출받았고, 도박으로 큰돈을 잃었습니다. 가족들을 볼 면목이 없었는지, 극단적 선택을 시도했고 이곳 센터를 알게 되어 상담받기 시작했습니다. 상담받으면 도박을 멈출 줄 알았는데 최근 더 많은 빚이 생겨 마지막이라 생각하고 GA를 찾아왔습니다.”

아내의 말이 끝나자, 선배 협심자들과 여사님들이 한 분씩 돌아가며 조언해 주셨다. 협심자를 남편으로 보지 말고 환자로 보아야 한다, GA 모임은 병원이라고 생각하고 매주 꾸준히 모임에 참석해야 한다, 가장 먼저 행동에 옮겨야 할 것은 Y 선생님의 계좌를 모두 해지하고 금전 관리를 여사님이 전적으로 도맡아야 한다 등등. GA를 찾은 지 어느덧 30여 년이 되었다는 선배 협심자 선생님의 말씀은 가히 충격적이었다.

“도박중독은 본인뿐만 아니라 가족까지 모두 죽음에 이르게 하는 무서운 병입니다. 옛날 중국에서는 심각한 도박중독자에게는 아편 주사를 놓았다고 합니다. 아편에 중독되면 가족들에게 피해를 주지 않고 본인 혼자만 죽기 때문이죠. 그만큼 도박중독에 대해 심각하게 생각하셔야 합니다."

그는 도박중독은 평생에 걸쳐 억제해야 하는 병이지 완치되는 병이 아니라고 했다. 그 말을 듣자, 덜컥 겁이 났다. '이곳을 평생 다녀야 한다니⋯⋯' 내 처지가 믿기지 않았다. 토요일 저녁, 가족과 즐겁게 보내야 할 시간에 아내와 나는 이렇게 치부를 다 드러내 놓고 토론하는 시간을 가져야만 했고, 아이들은 모임이 마칠 때까지 바깥에서 기다리며 지루해했다. 4살밖에 안 된 둘째 아이는 형과 놀다가도 엄마가 보고 싶다며 회합 장소에 불쑥 들어오기도 했다.

'가족들에게 무슨 잘못이 있다고⋯⋯.'

내가 저지른 잘못의 대가는 당연히 치러야 한다고 생각했지만, 가족들에게 없어도 될 피해를 준 것 같아 미안한 마음이 들었다. 그러나 이러한 감정도 잠시일 뿐, 나는 맞닥뜨린 현실을 피하고 싶었다. 가시방석 같은 회합이 빨리 끝나기를 바랄 뿐이었다.

도박과 이혼하겠습니다

GAMBLERS ANONYMOUS

03

모든경제권을
아내에게넘기다

아내는 모임에서 배운 것을 즉시 실행에 옮겼다. 가장 먼저 내 명의로 된 모든 통장을 하나씩 해지하기 시작했다. 급여 계좌만 남기고 인터넷 은행 통장을 비롯해 나의 은행과 증권 계좌를 모두 없애기로 했다. 나의 휴가 일정까지 노트에 적어 가며 금융기관에 동행했다. 내가 시늉만 하고 뒤로는 또 무슨 일을 벌일지 의심이 들었을 것이다. 비대면 인터넷 은행 계좌를 해지할 때는 전화 통화가 끝날 때까지 옆에서 확인했다. 사실 이런 일들은 당사자인 내가 직접 해결해야 하는 일이었으나, 우울하고 피곤하다는 핑계로 뭉그적거리자 보다 못한 아내가 직접 나선 것이다. 도박할 때는 순간적인 충동으로 무척이나 행동이 재빨랐던 나였지만, 수습하는 일에는 눈에 보이는 보상이 따라오지 않았기에 계속 미루기만 했다.

GA 모임에서 배운 대로, 아내는 '○○○지키미'라는 금융 관리 앱을 유료로 결제해 나의 모든 금융 정보를 찾아냈다. 기억하지 못하는 계좌가 수두룩했다. 내가 미처 몰랐던 신용 카드도 여러 개 발견됐다. 신용카드 현금 서비스로 도박 재발을 한 사례가 있다는 걸 들었던 터라 내 명의의 카드는 전부 해지했다. 회사 다니며 써야만 하는 밥값과 교통비는 아내의 체크카드로 결제했고, 결제 내역은 실시간으로 아내에게 문자로 통보됐다. 혹시 내가 미처 얘기하지 못하고 후배에게 커피를 사는 상황이라도 생기면 아내에게 전화를 받았다. 지갑에는 만 원 미만의 현금만 넣어 다녔고, 현금을 쓸 상황을 만들지 않았다. 부조금처럼 갑자기 현금이 필요한 경우에도 청첩장 등을 보여주며 아내에게 송금을 부탁했다. 아내는 GA 모임에서 들은 협심자들이 돈을 구하는 다양한 방법을 수첩에 메모하며 우리 집에 빈틈이 없는지 살폈다.

하루는 휴가를 내고 내 명의로 된 자동차 소유권을 공동명의로 바꾸자고 했다. 나는 당연히 그래야 한다고 동의했고, 자동차등록사업소에 가서 아내 지분 99%, 나는 1%로 바꾸었다. 아내는 이참에 스마트폰도 전화 통화만 되는 폴더폰으로 바꾸자고 했지만, 나는 회사에서 일할 때 불편해서 안 된다고 사정사정했다. 이런 불편한 상황을 겪을 때마다 나는 가족을 속이고 도박에 빠졌던 과거를 떠올리며 후회했다. 나의 행동이 얼마나 큰 상처를 남겼는지, 아내의 마음이 얼마나 힘들었는지를 반성한다. 도박중독이란 단순히 개인의 문제가 아니라, 가족 전체를 무너뜨리는 문제라는 사실을 뼈저리게 느꼈다.

아내는 늘 불안한 마음을 안고 지냈다. "오늘은 왜 이렇게 늦었어?"라는 질문은 늘 따라붙었다. 아내는 나를 감시하느라 하루하루 긴장과 스트레스를 겪었다. 너무 힘들었던 탓에 결국 아내도 도박문제예방치유센터에서 가족 심리 상담을 받았다.

아내와의 약속을 지키는 건 여간 어렵지 않았다.

"여보, 단도박 일기 안 써? 오늘 꼭 쓰고 자."

"당신 폰 좀 줘봐. 누구랑 대화했는지 좀 보게."

아내는 매일 나에게 일기를 쓰라고 했고, 수시로 내 핸드폰을 확인했다. 어린아이도 아닌 내가 일거수일투족을 간섭받는 것이 못마땅했지만, 모두 다 내 잘못으로 벌어진 일들이기에 참아 넘겼다.

하지만 나는 통제받는 걸 무척이나 싫어한다. 늘 혼자 생각하고 내 멋대로 결정하고 실행해왔던 나였기에 이전과 다른 생활을 하려니 힘들었다. 원하는 대로 할 수 없게 되자 무기력해졌고, 우울증을 핑계 삼아 아무것도 하지 않은 채 대부분의 시간을 누워서 보냈다. 일종의 시위였다. 그동안 아내를 힘들게 했던 것에 대한 죄책감은 온데간데없고, 아내에게 화를 내는 일이 잦아졌다.

하루는 식탁에서 밥을 먹고 있었는데, 사춘기인 큰아이의 투덜거리는 태도를 아내가 반복해서 나무라고 있었다.

"○○아, 짜증 좀 그만 내! 엄마가 네 눈치를 얼마나 보는 줄 아니? 아무리 사춘기라고 해도 너무 하잖아! 식탁 앞에서 좀 그만 투덜거려!!!"

아이를 너무 몰아붙이는 것 같아 "여보, 한 번 얘기했으면 그만 해. ○○이도 알아들을 거야"라고 말하며 나는 큰아이 편을 들었다.

아내는 "이게 전부 당신 때문이야! 예전엔 말도 잘 듣고 착실했는데 이제는 엇나가고 있잖아! 당신이 도박을 안 했으면 ○○이가 이렇게 됐겠어? 다 당신 때문이야!"라며 받아쳤다. 나는 어이가 없어 갑자기 분노가 치밀어 올랐다. '아무리 내가 잘못했어도, 왜 지금 그 얘기가 나오는 거지?' 참을 수가 없었다.

"제발 좀 그만하라고!"

눈앞에 놓인 1리터짜리 우유 팩을 1초 만에 집어 들고 있는 힘껏 벽에 던졌다. 우유가 식탁 주변 사방으로 튀어 집안은 온통 엉망이 되었다. 순간, 가족 모두 놀라 움츠렸고, 둘째 아이는 소리를 지르며 울기 시작했다.

몇 분이 지나고 정신을 차린 나는, 내가 한 짓을 수습하기 위해 서둘러 걸레를 가져와 닦으면서 "미안해, 순간 너무 화가 났어."라고 사과했다.

그동안 아내가 내 생활을 통제하는 것에 불만이 있었던 나는, 힘든 경제 여건 속에서도 살림을 잘 꾸려가는 그녀에게 감사했기에 화를 내고 싶어도 말을 아끼고 속으로 삭였다. 그러나 도박중독은 행위 중독의 일종으로, 자극 없이 가만히 있는 것이 무척 힘들다. 도박을 중단하자 불안함과 답답함으로 쌓였던 스트레스가 아내의 비난에 폭력적인 행동으로 터져 나왔던 것이다. 도박만 멈추면 모든 것이 정상으로 돌아올 거라는 생각은 나의 착각이었다.

GAMBLERS ANONYMOUS
05
부업을막는
아내

흔히들 인생을 마라톤 경주에 비유하곤 한다. 하지만 내 인생은 마치 그 마라톤의 한가운데에서 갑자기 무너진 것 같은 기분이다. 빠르게 달리려다 길을 잘못 들어, 목적지와는 전혀 반대 방향으로 가다가 넘어지고 말았다. 다른 이들은 꾸준히 앞으로 나아가고 있지만, 나는 다친 다리를 붙잡고 주저앉아 있어야만 했다.

단도박의 결심은 했지만, 그 결심이 나의 퇴보한 모습까지 감추어 주지는 않았다. 빚을 언제쯤 다 갚을 수 있을까? 가족의 보금자리는 어떻게 마련할 수 있을까? 그런 질문들이 나를 짓눌렀다. 정년까지 다닐 수 있는 직장이 있긴 하지만, 곧 50대에 접어들 것이고, 아이들이 중고등학교에 입학하면 학비가 많이 들 것이다. 큰아이의 대학은 제대로 보낼 수 있을지 하는 걱정이 나를 괴롭혔다.

컴퓨터 앞에 앉아 '부업'이라는 키워드를 검색했다. 온라인 부업이 유행하던 때라, 나도 무언가를 시도해 보고 싶었다. 조심스레 아내에게 말을 꺼냈지만, 그녀는 펄쩍 뛰었다.

"여보, 당신은 지금 환자야. 도박중독자는 새로운 일을 벌이면 안 돼! 특히 돈이 관련된 것은 더더욱 가까이하면 안 돼. GA 모임에서 들은 말을 벌써 잊었어?"

나는 GA에서 빚 갚는 데 집착하면 99% 재발한다는 이야기를 들었지만, 한 귀로 흘려버렸다. 아내는 그 말을 심각하게 받아들였다. 빚을 빨리 갚으려다 보면 쉽게 돈을 벌려는 마음이 되살아날 수 있다는 것이었다.

하루, 이틀, 한 주, 두 주…… 시간이 흐를수록 마음이 초조해졌다. 도박으로 뒤처진 인생을 원래 자리로 되돌리고 싶은 마음이 간절했다. 내가 할 수 있는 일을 찾아야 했다. 그러던

도박과 이혼하겠습니다

중, 온라인에서는 많은 일이 블로그를 매개체로 한다는 사실을 알게 되었다. 아내의 반대에도 불구하고 지금 당장 돈을 벌겠다는 것이 아니라, 블로그 다루는 연습이라도 해야겠다고 마음먹었다. 블로그에 글을 쓰는 것이 내 정신 건강에도 도움이 될 것이라며 설득했지만, 아내는 그것마저도 반대했다.

온라인에 접속하는 시간이 많아질수록 도박 위험에 노출될 확률이 크다는 이유였다. 나는 미칠 것 같았다. 도대체 나는 무슨 희망을 품고 살아야 하는가. 도박에 빠져있는 동안, SNS는 엄청나게 발전했는데, 내가 다룰 줄 아는 것은 하나도 없었다. 그런데도 그저 앉아 있어야만 한다는 것이 나에게 고문과 같았다. 나는 끈질기게 아내를 설득했다. 단도박 일기를 블로그에 적겠다고 거짓말을 보태기도 했고, 제발 블로그에 뭐라도 적게 해달라고 간청했다.

그동안 아내가 나로 인해 받은 상심과 고통이 얼마나 큰지 알고 있었지만, 나는 여전히 고집을 꺾지 않았다. 아내가 한 발 양보해 단도박 5년을 넘게 유지한 선배 협심자의 이야기를 들어보고 결정하자고 제안했다. 우리는 동네 커피숍에서 그 선배 협심자를 만나 조언을 구했다. 그는 내 말을 귀 기울여 듣더니, 돈을 버는 목적이 아니라 순수하게 글을 쓰는 것이라면 문제가 되지 않을 것이라고 긍정적으로 이야기해 주었다.

집으로 돌아오자마자 아내는 몇 가지 조건을 걸었다.

- 근무 시간 동안 블로그 글쓰기와 댓글 달기 금지
- 가족이 잠든 새벽에 핸드폰 사용 금지
- 핸드폰을 언제라도 확인할 수 있도록 비밀번호를 오픈할 것
- GA 모임에는 매주 무조건 참석할 것

회복의 길 위에서, 내가 주도적으로 무엇인가를 할 수 있다는 사실은 큰 위안이 되었다. 블로그에 글을 쓰니 마치 허물어진 담벼락을 하나하나 벽돌로 다시 쌓아 올리는 듯한 기분이 들었다. 글들이 쌓여갈수록, 성취감도 차곡차곡 쌓여갔다.

GAMBLERS ANONYMOUS

06

어른들의
100일 잔치

단도박 100일 기념 잔치가 코앞으로 다가왔다. 어떤 일이
잡히면 미리미리 준비하는 아내는 잔치 당일 발표할 소감문
을 수정하느라 밤늦은 시간까지 컴퓨터 앞에 앉아 있었다.

"당신은 언제 쓸 거야? 빨리 써야지, 잔치가 내일모렌데."
아직 느긋한 모습의 내가 못마땅한 듯 아내가 재촉한다.

"알았어. 생각하고 있어. 곧 쓸 거야."

일하고 와서 피곤하니, 좀 쉬었다가 쓸 거라며 말한 지 벌
써 일주일째. 결국 행사 당일 오전이 되어서야 번갯불에 콩

구워 먹듯 소감문을 썼다. 토요일 저녁 8시, 행사장 벽에는 오늘 잔치 주인공들의 이름과 단도박 일수가 적힌 현수막이 붙어 있었고, 벽 바로 앞 테이블 위에는 소박한 초 하나가 불을 밝히고 있다. 테이블을 마주 보며 20여 명이 넘는 협심자와 그 가족들이 진지한 표정으로 앉아 있다. 잔치의 시작을 알리는 사회자의 음성이 들렸다.

"안녕하세요, GA 가족 여러분. 지금부터 Y 선생님과 P 여사님의 100일 잔치, 그리고 H 선생님과 K 여사님의 1년 잔치를 시작하겠습니다. 오늘은 아기가 엄마 뱃속에서 세상 밖으로 나와 건강하게 살아온 날을 기념하듯, 도박을 끊고 새로운 인생을 살아낸 것을 기념하는 날입니다. 그동안 많은 어려움을 극복하고 100일, 1년 잔치를 맞은 선생님들과 여사님들을 위한 축하의 자리입니다. 먼저 잔치 축하 노래로 시작하겠습니다."

사회자가 하나, 둘, 셋~ 시작 신호를 알리자, 참석자 모두 하나가 되어 노래를 부른다.

"잔치 축하합니다~ 잔치 축하합니다~ 사랑하는 선생님(여사님)~ 잔치 축하합니다."

도박과 이혼하겠습니다

노래가 끝나고 본격적인 행사가 시작되었다. 소감문 읽는 부분이 이 행사에서 하이라이트이다. 내가 첫 번째로 소감문을 읽기 시작했다.

"저는 우울증으로 회사 생활에 적응을 잘 못하고, 다단계에 빠졌습니다. 그리고 우연히 접한 주식을 아무런 지식도 없이 시작했다가 초심자의 행운으로 운 좋게 큰 수익을 보았습니다. 하지만 그 일은 다시 일어나지 않았습니다. 여윳돈이 아닌 마이너스 통장에서 빌린 돈으로 계속 주식거래를 하다가 거래 금액이 자꾸 커졌습니다. P 여사에게 솔직하게 털어놓고 다시 시작해야겠다는 생각이 들었지만, 용기가 나지 않았습니다. 이번 한 번만 잘 되면 다시 살아날 수 있을 거야, 라며 또다시 빚을 내어 끊임없이 도박했고 점점 금액이 커졌습니다. 잃은 것을 만회하려는 어리석음 때문에 더 깊은 수렁에 빠졌고 힘에 부치자, P 여사에게 조금만 노력하면 다시 딸 수 있다고 말하며 몇백만 원만 구해달라고 졸랐습니다. 미친 사람처럼 전세 계약서를 담보로 또 돈을 빌려 주식계좌에 돈을 밀어 넣고 행운이 따르기만을 기다렸습니다. 밤마다 죽을 것 같은 불안감을 느껴 잠을 이루지 못했습니다. 마지막에 가서는 자동차까지 담보로 잡히고 빌린 돈을 하루 만에 다 잃고 나자 눈앞이 캄캄해지고 머릿속이 하얘졌습니다. 그전부터 극도로 불안해지자 죽고 싶다는 생각을 자주 했었는데, 정말 생각한 대로 자살 시도까지 하고 말았습니다. 아내와 아이들의 미래보다 저 자신이 겪어야 할 고통을 피하고 싶은 비겁한 선택이었습니다.

......

다시 일어서기 위해 P 여사와 상의해 도박문제예방치유센터를 방문해 상담받고 GA 모임에 참석하기로 했습니다. 한 번의 재발 이후 저의 잘못을 끊어내고 진정으로 다시 살고 싶을 마음이 간절해졌습니다.

......

아내에게 정말 미안하고 또 미안합니다. 지금까지 참아주고 곁에 있어 줘서 고맙습니다. 지금이라도 제가 단도박하는 모습을 보여줄 수 있어 다행이라고 생각합니다. 이제 시작입니다. 평생이 소감문을 되새기며 살겠습니다.

또한 오늘의 잔치는 저 혼자였다면 불가능했을 것입니다. GA 선배님들께도 감사의 말씀을 전합니다. 앞으로 GA 모임에서 후배 협심자들을 위해 봉사하겠습니다."

소감문을 마치자, 참석자들이 박수로 격려해 주었다. 박수 소리에 마음속 깊이 응어리진 감정이 북받쳐 나도 모르게 눈물이 흘렀다. 짧은 순간이었지만 후회와 다행, 감사와 울분이 교차하면서 그래도 이렇게 희망이 있다는 사실에 안도감을 느꼈다.

나의 발표에 이어 아내도 인사를 시작으로 말을 꺼냈다.

"안녕하세요. 저는 Y 선생님의 배우자 P 여사입니다."

그동안 아내를 고생시켰던 미안함과 나의 부족함에, 집에서 듣지 못한 그녀의 속마음을 들으려니 조마조마한 기분이 들었다. 아내는 결혼 초부터 지금까지 나로 인해 겪은 상처, 도박으로 인한 손실, 짧은 기간이지만 단도박 이후 느꼈던 감정, 앞으로의 계획 등 모든 것을 찬찬히 읽어 내려갔고 나는 부끄러워서 고개를 숙였다.

잠시 후 H 선생님과 K 여사님의 단도박 1년 소감문까지 끝나고 선배 협심자들과 가족들의 축사가 이어졌다. GA 모임에 찾아온 것이 행운이라고, 그동안 단도박한다고 수고했고 축하한다고 말씀해 주셨다. 그리고 100일 잔치는 이제 시작이라고 강조하시며 오늘 소감문을 발표할 때의 마음을 계속 유지하라고 조언해 주셨다. 이어 협심자와 가족의 포옹하는 시간. "여보, 그동안 너무 고생했어."라고 말하며 아내의 등을 토닥거리며 안았다. 비 온 뒤 땅이 굳어진다는 옛말처럼, 이제는 흔들리지 않는 사람이 되리라는 희망도 품었다. 마지막으로 우리는 테이블 앞에 서서 청중 속 모든 협심자와 가족들과 악수하며 인사를 나누었다.

"잔치 축하드립니다. 100일 동안 꾸준히 참석하시느라 고생하셨어요."

"두 분 모습이 참 보기 좋습니다. 우리 선생님은 아직 단도박이 안 되는데, 아주 부럽습니다. 정말 축하드립니다."

축하와 응원의 인사 속에서 마치 한 가족처럼 푸근한 따뜻함이 느껴졌다. 우리 부부에게는 결혼기념일보다 더 의미 있는 100일 잔칫날이었다.

도박과 이혼하겠습니다

아내도, 아이들도 아프다

아내는 내 말을 의심하는 버릇이 생겼다. 연장근무로 늦게 퇴근하는 날이면 연장근무 신청서를 사진 찍어 아내에게 보내야 했고, 회식하는 날에는 회식 중인 사진을 보내야 했다. 내 휴대폰을 확인하는 일은 당연한 일과 중 하나가 되었고, 의심할 만한 정황이 없어야 그제야 안도하는 듯했다.

아내만 의심병이 생긴 건 아니었다. GA 가족 중 한 여사님은 협심자의 단톡방 내용을 세세하게 확인한다고 했고, 또 다른 여사님은 남편이 외출하고 돌아온 뒤 차량 블랙박스를

돌려보기도 했다. 협심자의 위치를 파악하기 위해 위치추적
앱을 깔아놓은 여사님도 있었다. 드라마에서나 나올 법한 이
야기들이 GA 모임 안에서는 다반사였다.

도박으로 생긴 문제는 아내의 의심만이 아니었다. 가족과
어긋난 관계도 큰 문제였다. 큰아이가 어릴 적 내가 늘 가정
밖으로 돌았던 탓에 나와 거리감이 생겼다. 초등학교 저학년
임에도 두 번이나 전학을 가게 되어 정든 친구들과 헤어져야
했고, 낯선 학교에서 새 친구를 사귀지 못해 한동안 힘들어
했다. 점점 더 좁은 집으로 이사하게 되어 번듯한 공부방마
저 사라져 학업에도 소홀해졌다. 아내는 큰아이의 학업 문제
로 힘들어했고, 아이도 엄마의 잔소리에 지쳐갔다. 모든 것이
나로 인해 일어난 일이었기에, 큰아이는 아빠라는 존재에 대
한 불만과 원망이 쌓였을 것이다. 그래서인지 내가 자신의
물건에 손대기라도 하면 씩씩거리며 불만을 표출했다.

작은아이는 우유 팩을 던진 사건 이후로 내 눈치를 보는 듯
했다. 해서는 안 될, 지워버리고 싶은 그날의 행동을 두고두
고 후회하는 중이다. 다행인 건 어려서인지 금세 나에게 놀
아달라고 떼를 쓰며 들러붙었다. 못난 아빠를 용서해 준 것

같아 고마울 따름이다. 앞으로 둘째 아이의 내면에 아직도 남아있을 상처가 회복될 수 있도록 노력해야 한다. 나는 아이들 앞에서 물건을 던지는 행동을 다시는 하지 않겠다고 아내와 약속했다.

끝도 없는 거짓말과 무책임한 행동, 엄청난 빚으로 인해 가장 크게 영향을 받은 사람은 가족이었다. 도박을 멈추게 하려고 아내는 나에게 애원과 설득을 했고, 때로는 화를 내기도 했다. 도박이 계속될수록 걱정은 점차 의심으로 바뀌었다. 불안과 초조함은 그녀의 일상이 되었고, 도박을 멈춘 후에도 그러한 증세는 쉽사리 사라지지 않았다. 아이들 또한 불안정한 환경 속에서 눈치를 보며 자랐다. 이걸 GA에서는 '가족 병'이라 칭한다. 나로 인해 아내도 아이들도 가족 병이라는 마음의 병에 걸려버렸다.

도박을 멈췄다고 해서 모든 것이 한순간에 좋아질 거라는 기대는 하지 않았다. 그러나 가족 병이라는 또 다른 복병과 마주하니 마음이 무거워졌다. 선배 협심자들은 어쩌면 경제적인 문제는 단도박을 잘하면 세월이 해결해 주는 쉬운 문제인 반면, 가족의 정서적인 문제와 관계 회복에는 더 많은 시간과 노력이 필요하다고 했다.

아내는 매주 GA 모임에 참석하며 나의 도박중독뿐만 아니라 자신의 아픔과 아이들의 상처까지 치유하기 위해 애쓰고 있다. 그저 한없이 미안한 마음이 든다. 도박을 멈추면 모든 것이 해결될 거라는 생각은 나의 큰 착각이었다. 단도박은 당연한 것이고, 이제는 그동안 소홀히 했던 아이들과 아내에게 이전보다 1센티미터만큼이라도 관심을 더 기울일 때가 되었다.

도박과 이혼하겠습니다

GAMBLERS ANONYMOUS

08

GA
단도박 모임

　GA(Gamblers Anonymous, 단도박 모임)는 도박 문제로 어려움을 겪는 사람들을 돕기 위해 설립된 자조 모임이다. 책자에는 한국 GA의 탄생을 이렇게 설명하고 있다.

　"단도박 모임이란, 도박으로 인한 서로의 공통 문제를 해결하고 다른 사람들도 도박 문제에서 회복하도록 돕기 위해 각자의 경험과 힘, 그리고 희망을 나누는 남성과 여성의 친목 모임이다."

　"한국의 단도박 모임은 도박중독자인 한 외국인 신부에 의해 1984년 6월 13일 수요일, 경기도 부천시의 심곡동 성당에서 최초로 시작되었으며, 이후 전국적으로 확산되어 많은 도박중독자들이 새로운 삶을 살게 되었다."

GA는 1957년 미국에서 처음 시작되었고, 한국에는 1984년, Paul White라는 미국인 신부(한국 이름: 백 바오로 신부)에 의해 희망의 씨앗이 뿌려졌다. 그 작은 씨앗이 이 땅에 뿌리를 튼튼히 내리고, 40년이 넘는 시간 동안 우리나라의 수많은 도박중독자들을 죽음의 구렁텅이에서 구해냈다. GA를 알고, GA에 꾸준히 참여한 중독자들은 하나같이 회복과 치유의 삶을 살아가고 있다.

하지만 안타깝게도 도박중독자들 중 대부분은 삶의 벼랑 끝에서야 이 모임의 문을 두드리는 것이 현실이다. 경제적으로나 정신적으로 더는 나아갈 곳이 없다고 느낄 때야 비로소 GA라는 동아줄을 붙잡는다.

GA 모임에서 온 협심자들은 마치 다큐멘터리 프로그램에서나 나올 법한 경험을 했었다. 신용 불량은 말할 것도 없고, 도박을 계속하려는 숨겨진 목적으로 부모 앞에서 자살 소동을 벌이거나, 중고 사이트에 허위 매물을 올려 범법자가 되

도박과 이혼하겠습니다

거나, 회사 자금을 횡령해 징역형을 살기도 하는 등 경제적, 법적, 가족 관계에서 여러 문제를 일으킨다. 나 역시 정도와 방법의 차이는 있지만, 도박 때문에 양가 부모님과 우리 가정에 크나큰 경제적, 심리적 피해를 끼쳤고, 많은 사람들과의 인연을 끊을 수밖에 없었다. 결국 자신이 해볼 수 있는 마지막 수단까지 다다르고 나서야 단도박 모임을 찾게 되었다.

처음 GA 모임에 참석해도 자신이 도박중독자라는 사실을 진정으로 인정하는 건 매우 힘들다. 머릿속은 온통 도박으로 진 빚을 갚으려면 도박 말고는 다른 방법이 없다는 생각으로 가득 차 있다. 자리에 앉아 있는 것조차 고통스럽고 귀찮게 느껴지기도 한다.

나중에 알게 되지만 이런 감정은 단도박 초기에 누구나 겪는 자연스러운 과정이다. 시간이 지나면서 참석자들은 점차 자신의 진솔한 감정을 표현할 수 있게 되고, 그로 인해 회복의 길로 나아간다. 어떤 사람은 처음부터 도박 앞에 무력하다는 사실을 인정하고 꾸준히 모임에 참석하며 단도박 생활에 잘 적응하기도 하지만, 어떤 이는 재발을 반복하며 수년간 흔들리기도 한다. 그러나 포기하지 않고 다시 돌아와 GA

의 사람들과 손을 맞잡는 모습을 보면, 그것은 기적에 가깝다. 인간의 힘을 넘어선 어떤 신성한 힘이 작용한다고밖에 설명할 수 없다.

GA 모임에서 이 신성한 힘은 '위대한 힘'이라 불린다. 그러나 이 위대한 힘은 특정 종교나 신을 지칭하지 않는다. 참석자 각자가 자신이 믿는 신앙으로 해석할 수도 있고, 어떤 이에게는 모임 자체 – 즉, 함께 모여 서로의 이야기를 나누고 토론하고 교류하는 과정 – 가 위대한 힘으로 여겨지기도 한다.

GA의 책자에서는 위대한 힘을 인간이 본래 가지고 있는 내면의 영적 원칙이라고 설명하고 있다. 영적 원칙이란 친절, 겸손, 온유, 절제, 배려, 인내와 같은 인간 본성에 심어진 고귀한 자질들을 의미한다. 도박중독에서 회복하려는 이들에게 이 영적 원칙은 새로운 삶을 살아가기 위한 나침반이자, 수행자의 마음으로 추구해야 할 훌륭한 가치들이다.

한 사람의 힘은 때로 매우 약하다. 그러나 공동체의 힘은 훨씬 크다. GA 모임은 혼자만의 처절한 싸움이 아니라, '우리는 도박으로 인해 파멸적인 경험을 했지만 GA 안에서 온

도박과 이혼하겠습니다

전한 회복의 길을 가겠다!'라는 열망과 공감대를 바탕으로 이루어진다. GA에 참여하는 협심자들과 그 가족들의 공감과 상호작용이야말로 단도박이라는 기적을 가능하게 한다.

GAMBLERS ANONYMOUS

09

재발의
경고

"도박을 마지막으로 한 날은 2023년 9월 5일입니다."

GA 1차 모임에서 선배 협심자가 예상치 못한 고백을 했다. 그는 4년 가까이 단도박을 잘 유지해왔으나 최근 GA 모임에 소홀해졌다고 했다. 생업이 바쁘기도 했고 갓난아이 때문에 모임에 꾸준히 나오는 것이 쉽지 않은 것 같았다. 게다가 토요일 저녁 시간을 가족과 보내느라 한두 번씩 빠지게 되었다고 했다. 그의 갑작스러운 고백에 참석자 전부가 놀란 표정을 지었다. '지난주에 도박했단 얘긴데?' 나는 순간 그의 표정을 살피며 무슨 일이 있었던 건지 귀를 기울였다.

"편의점에 들렀다가 스포츠 토토를 하는 사람들을 보고 순간 참지 못했습니다."

그의 지갑에는 단돈 만 원밖에 없었다. 체크카드는 부인에게 구매 내역이 항상 문자로 전송되었을 터였다. 그런 상황에서 그는 수중에 있는 만 원으로 스포츠 토토를 충동적으로 구매하고 베팅을 시작했다. 우연히 몇십만 원을 따고, 그 돈으로 며칠간 스포츠 경기 승패에 여러 번 베팅하며 따고 잃기를 반복하다가 결국 돈을 다 잃었다고 했다.

그의 아내는 가끔 남편의 휴대전화를 점검했는데, 그에게 접속한 사이트를 보여주며 뭐냐고 물었다. 그는 GA 모임에 참여하고 있었으므로 거짓말을 해 봤자 금방 탄로 날 것이고, 자기 행동이 분명 도박 재발이었음을 알았기에 순순히 털어놓았다. 결국 그는 GA 모임에 나와서 도박 재발을 고백하기에 이른 것이다. 그가 말을 마치자, 참석한 사람들이 돌아가며 각자의 생각을 이야기했다.

"크지 않은 금액인데, 솔직히 오픈해 주셔서 다행입니다."

"너무 안타깝네요. 조금 있으면 4년 잔치인데 다시 단도박

1일에서 시작해야 한다니요."

"솔직히 저 같으면 말하지 않고 그냥 넘어갔을지도 모르겠습니다."

참석자 모두가 그의 고백을 안타까워하는 한편, 진심 어린 격려를 했다. GA 모임에서 이런 재발 경험을 보는 경우가 꽤 있었지만, 나보다 단도박 생활을 잘하고 있던 선배 협심자의 재발 모습은 또 다른 생각을 들게 했다. 3년이 넘어가면 단도박 생활이 안정권에 들어간 것으로 생각하고 있었는데, 금액이 적다 뿐이지 그런 어처구니없는 행동을 했다는 게 이해가 되지 않았다. 이번 실수가 없었다면 단도박 4년 잔치를 하고 후배 협심자들과 그의 가족들에게 자랑스러운 모습을 보여줄 수 있었을 텐데. 올림픽 게임에서 아깝게 메달을 놓친 선수를 보는 것처럼 나는 아쉬운 마음이 컸다.

'언제든 다시 도질 수 있는 잠재된 병이구나'라는 생각이 머릿속을 스치면서 나의 처지를 돌아보았다. 나도 도박을 멈춘 건 맞지만, 불안한 마음, 인생을 한 번에 역전하고 싶다는 비현실적인 기대가 여전히 마음 깊은 곳에 숨어 있는 건 아닐까.

그를 보며 내가 GA 모임에 계속 참석해야 하는 당위성을 다시금 확인한다. 단도박을 오래도록 유지하고 가족과의 관계가 잘 유지되는 협심자의 공통된 노력은 분명히 정답처럼 나와 있다. GA에서 최우선으로 준수해야 할 실천 사항은 꾸준한 모임 참석이다. 모임에 빠지지 말고 꾸준히 참석할 것, 가족과 함께 모임에 참여할 것. 이것을 교통법규처럼 지킨다면 재발을 예방할 수 있다는 것이다.

꾸준히 GA 모임에 참여하며 단도박을 잘 유지하면 단도박 기념 잔치라는 선물이 찾아온다. 잔칫날의 가장 중요한 이벤트는 바로 주인공들이 소감문을 낭독하는 시간이다.

도박 당사자인 협심자와 그의 가족이 과거를 되돌아보며 느낀 소회를 읽어 내려가면, 참석한 사람들은 눈물을 흘리며 공감하고 위로를 느낀다. 이 과정은 도박중독이라는 병과 그것이 가져오는 가족의 고통을 치유하는 데 중요한 역할을 한다. 나 역시 다른 이들의 잔치에 참석해 중독자들의 순탄치 않은 삶을 보며 인생의 교훈을 많이 얻는다. 또한, 내 잔치를 통해 아내의 솔직한 마음을 들을 수 있는 기회를 가진다. 다음은 2024년 10월, 4년 잔치에서 아내가 적은 소감문이다.

안녕하세요!! ○○모임의 가족 P입니다.

지금도 가끔씩 생각나는, 어쩌면 마지막 순간까지 잊히지 않을 5년 전 그날의 기억을 처음으로 여러분들 앞에서 꺼내 보고자 합니다. 저의 경험이 여러분께, 특히 초심자 가족분들께 공감과 위로, 나아가 희망이 되기를 바랍니다.

2019년 초여름

남편은 어느덧 다단계에 8년, 주식투자에 4년째 미쳐 있다.

지금 둘째 아이는 3살, 그는 둘째 아이가 배 속에 있을 때 본격적으로 주식투자를 하기 시작했다. 지난 4년 동안 우리 가족이 살고 있는 집의 전세 담보 대출을 비롯해 본가 부모님께서 사시는 집 담보 대출, 보험회사 대출, 차 담보 대출 등 다양한 대출을 받아 손해를 입었고 꽤 많은 돈을 잃었다. 그

때마다 나는 살던 집을 줄여가며 빚을 변제해 주었다. 그는 주식에 대해 연구 중이니 조만간 큰돈을 벌 수 있다며 나에게 조금만 시간을 달라고 한다.

어느덧 훌쩍 커버린 첫째 아이와 한창 재롱부리기 바쁜 둘째 아이, 아빠의 사랑을 듬뿍 받아야 할 두 아이는 전혀 안중에도 없는 사람이다.

최근 들어, 돈을 좀 구해달라고 애원하는가 하면 죽고 싶다는 말을 종종 한다. 나는 속으로 '이제 돈 나올 곳이 없으니 주식투자 같은 건 하고 싶어도 못 할 거야'라며 불안한 마음을 애써 외면했다. (GA에서 알게 된 내용이지만 중독자들은 어떻게든 도박 자금을 구한다는 걸 그땐 몰랐습니다.)

그러나 주기적으로 터지는 대출들.

하루 종일 휴대폰을 손에서 놓지 못하는 그 인간, 주말에는 주식 공부하러 간다며 누군가를 만나러 나가는 그 인간, 안방이 좁다는 핑계로 작은 방에서 홀로 자며 밤마다 주식차트를 보는 그 인간, 돈 나올 곳이 어디 없는지 미친 듯이 찾아대는 그 인간이 제정신이 아니라는 생각은 했지만, 도박 병에 걸린 중독자인 줄은 꿈에도 몰랐다.

2019년 7월 중순 여름밤

그가 퇴근하지 않고 있다. 전화해도 받지 않는다. 밤 11시 쯤이었던가…… 그에게서 쓰다만 어설픈 내용의 문자가 한 통 들어왔다. (나중에 알고 보니 술에 취해서 실수로 보낸 문자였습니다. 삶을 포기하려던 순간에 가족들 생각이 났나 봅니다.) 느낌이 좋지 않았다. 자정이 넘은 시각, 염치 불구하고 시어머님께 전화를 걸어 애들 아빠 혹시 거기에 있는지 여쭤봤으나 없다고 하셨다. 안 좋은 소식이 곧 들려올 것을 기다리듯, 나는 뜬눈으로 밤을 새웠다. 어떠한 상황이 오더라도 받아들일 각오를 단단히 하면서 말이다.

이튿날

아니나 다를까 새벽 6시경, 119에서 전화가 왔고 응급실로 얼른 오란다.

아이들을 애들 고모와 친정엄마께 맡겨 놓고 도착한 응급실. 밤새 무슨 짓을 한 건지 그의 옷은 여기저기 찢어져 있었고 신발은 진흙투성이였다. 안경은 박살이 난 상태였고 팔과

다리에는 상처가 여러 군데 나 있었다. 그야말로 거지꼴을 한 채, 그는 산소마스크를 쓰고 누워 있었다. 내가 아무 말 없이 바지에 묻은 흙들을 털어내고 있으니, 그가 나를 보며 흐느껴 울었다. 도박중독자인 그가 운 까닭은 나에 대한 미안함이 아닌 큰돈을 순식간에 날려버린 허탈함과 부끄러움 때문이었을 것이다.

최후의 상황까지 생각했던 나였기에, 한편으로는 그에게 숨이 붙어 있다는 사실에 안도했다. 구급대원은 번개탄이 중간에 꺼지는 바람에 다행히 죽지 않았다고 했다.

그로부터 한 달 뒤

응급실에서 알려준 보건소 상담사님께 상담 예약을 하고 약속한 날짜에 남편과 함께 방문했다. 상담사님은 우리 얘기를 들어보더니 남편의 상태가 심상치 않아 보였는지 이곳 센터를 소개해 주셨다. 우리 부부와 도박문제예방치유센터와의 인연이 그렇게 시작되었다.

'위기를 기회로', 또는 '실패를 성공의 기초로!'라는 문구를

도박과 이혼하겠습니다

종종 본 적이 있는데, 그날의 극단적 선택은 우리 부부에게 새로운 기회를 주었다. 남편도, 나도 상담을 받아보기로 했다.

그 사건 이후로 더 이상 주식은 하고 싶은 생각이 전혀 없다고 말하던 그였는데, 행위 중독이 맞았습니다.

좀 더 빨리 알았더라면 좋았을 텐데……, 많은 분이 그러셨듯 저 또한 큰돈을 잃고 나서 도박중독의 심각함을 알게 되었습니다. 무지했던 저는 상담만 받으면 괜찮아지는 줄 알았으나 상담 중에도 남편의 도박은 멈추지 않았던 것입니다.

남편은 상담받을 때는 더 이상 도박을 안 한다며 상담사님께 거짓말을 했습니다. 토요모임에 다녀오겠다며 나가서는 차에서 도박을 하다가 집으로 돌아왔습니다. 그의 능청스러운 거짓 행동에 또다시 1년을 속았습니다. 이제 남편은 코인과 선물거래까지 손을 대어 더 많은 대출을 받았습니다. 급기야 가진 재산보다 빚이 더 커져 버렸습니다.

여전히 도박으로 인생 역전을 꿈꾸는 그는 완벽한 도박중독자였습니다.

큰 사건 이후 1년여가 지난 2020년 8월 15일

정신 나간 남편을 살리기 위해, 아이들 아빠를 살리기 위해 마지막 희망을 가지고 GA 토요모임에 처음 나왔습니다. Y 선생님은 지은 죄가 있으니 아무 말 없이 모임에 따라나셨습니다.

GA 참여 덕분에 모임에 나온 지 20여 일 만에 Y 선생님의 도박은 다행히도 멈추었습니다. 하지만 회합 중에 집중하지 않고 눈을 감고 있거나 딴생각하는 건 기본이었고, 본인의 발언 차례에는 성의 없는 답변으로 대충 얼버무렸습니다. 게다가 도박을 끊으니, 우울증이 심해져 집에서는 틈만 나면 축 처진 채로 누워 있었고, 저는 그런 무기력한 모습이 보기 싫어 끊임없이 잔소리를 했습니다.

도박을 멈춘 지 한두 달 때쯤 되자 Y 선생님은 정신이 조금 들었는지, 앞으로 도박 대신 뭐든 하고 싶은 대로 하겠다며 고집을 부리기 시작했습니다. Y 선생님의 왕고집에 저희 부부는 하루가 멀다고 다투었습니다. 싸운 날이면 어김없이 모임에 나가지 않겠다는 엄포를 놓기도 했으나 GA 회합만은 꼭 참석해야 했기에 저는 두 아이를 대동하여 강하게 끌고

도박과 이혼하겠습니다

나왔습니다.

그렇게 싸우기를 반복하다가 맞이한 단도박 2년 잔치, 저는 소감문을 작성하다가 그동안 중독자인 Y 선생님을 저만의 잣대로 보고 있다는 것을 깨닫게 되었습니다. 도박할 때의 짜릿했던 쾌감을 떨쳐버리고자 힘들게 참고 있는 환자 Y 선생님을 정상인으로 보니 당연히 화가 날 수밖에 없었던 거죠. 그때부터 Y 선생님을 다른 시각, 즉 온전히 환자로 바라보려고 했습니다. 그랬더니 신기하게도 미운 감정이 점차 사그라들었습니다.

3년 잔치 이후, 글쓰기를 좋아하는 Y 선생님은 글을 쓰며 자신을 되돌아보기 시작했습니다. 저는 Y 선생님의 진심이 담긴 글을 읽으며 오랜 우울증의 원인과 도박중독에 빠진 이유에 대해 함께 이야기를 나누었습니다. 그리고 어린 시절부터 불안하고 공허했던 Y 선생님의 여린 마음을 이해할 수 있게 되었습니다. 따뜻한 칭찬 한마디 대신 꾸지람 들으며 자란 어린 시절 외로웠을 Y 선생님, 두 번의 큰 수술과 우울증으로 힘들었을 Y 선생님을 조금씩 이해하게 되면서 그의 뒷모습만 봐도 답답하고 화가 났던 제 마음은 어느새 측은함으로 바뀌었습니다.

지난 4년 잔치를 통해 제 마음에 와닿은 네 가지 키워드가 있습니다. 여러 번 말씀드렸다시피 '기다림&배움&이해&함께'였는데요. 이번 4년 잔치를 맞이하며 느낀 다섯 번째 키워드는 바로 '나'입니다.

Y 선생님의 도박 문제로 인해 이곳에 오게 되었지만, 선배 여사님의 말씀처럼 도박 문제를 해결하는 것이 다가 아니더라고요. 결국은 저 자신의 문제였고 내가 먼저 바뀌어야 하는 것이었습니다. Y 선생님은 단도박이라면서 조금씩 회복 중인데 저는 아직도 배움과 변화가 부족합니다. 저도 사람인지라, 도박으로 큰돈을 잃은 Y 선생님에게 원망스러운 감정이 올라올 때가 한 번씩 있는데, 그럴 때면 집이 좁다며 짜증 내고 투정 부리는 저를 보게 됩니다. GA에서 매주 배우면서도 제 자신의 변화가 쉽지 않더라고요. 지금부터는 도박으로 벌어진 과거의 일들을 가지고 Y 선생님의 죄책감을 자극하지 않도록 노력하겠습니다. 누구보다 Y 선생님 본인이 가족들에게 미안해하고 있음을 이제는 알기 때문입니다.

요즘 토요모임에 신규 협심자 선생님들이 많이 오십니다.

도박과 이혼하겠습니다

4년 전 모임에 처음 나왔을 때, 저는 해결해야 할 일들이 너무 많아 막막했습니다. 하지만 선배 여사님들의 조언대로 미래에 대한 걱정을 내려놓고 하루하루 주어진 일상을 살아내다 보니, 힘겨운 시간을 이겨내고 지금 이 자리까지 올 수 있게 되었습니다.

앞서 말씀드린 것처럼, 중독으로 인한 '경제 파탄'과 '극단적 선택' 이후 센터에서의 '상담'이라는 첫 번째 기회가 왔지만, 저는 그 기회를 잡지 못한 채 1년의 세월을 흘려보냈습니다. 그리고 더 많은 빚이 생겼습니다. 뒤늦게 토요모임을 알게 되어 'GA'라는 두 번째 기회를 잡을 수 있게 된 것은 저를 포함해서 우리 가족에게 행운입니다. 저를 이곳으로 이끌어주신 여사님과 선생님, 두 분께 늘 감사드립니다. 그리고 GA 토요모임에도 감사드립니다.

이 자리에 계신 초심자 선생님과 여사님!!

지금 여러분 곁에 와 있는 기회를 꼭 잡으셔서, 비록 끝이 보이지는 않지만, 긴 단도박 여정에 서로 힘이 되면 좋겠습니다. 참고로, 저는 또다시 도박이라는 고통의 늪에 빠지더라도 헤어 나올 수 있는 힘을 기르기 위해 GA 안에서 여러분들과 함께 계속해서 배우고 성장해 나가겠습니다.

늘 서로 다른 곳을 바라보던 저희 부부가 3년 잔치 이후부터는 때때로 같은 곳을 바라보게 되었습니다. 앞으로 더 자주, 더 많이 같은 곳을 바라볼 수 있도록 노력하는 1년 보내고 단도박 5년 잔치도 기쁘게 맞이하겠습니다. 감사합니다.

도박과 이혼하겠습니다

3장

GAMBLERS ANONYMOUS

단도박 모임이
가르쳐 준 것들

GAMBLERS ANONYMOUS

GAMBLERS ANONYMOUS

01
단도박 모임에
숨은 힘

"단도박 모임은 익명의 도박중독자들의 모임으로서 도박을 하지 않는 방법을 배우는 학교이고, 우리가 알고 있는 도박중독 질환을 치료하기 위한 병원입니다."

익숙한 글귀가 모임의 시작을 알린다. 눈을 감고 나는 지난 시간을 생각한다. 처음 이곳에 왔을 때와 지금의 나를 비교하니, 금세 마음속에서 감사함과 평화로움이 퍼진다.

사실 처음 몇 달간은 모임에 가는 것 자체가 고역이었다. 모임 시간이 다가오면 집에서 편히 쉬고 싶은 마음이 발목을 잡아당기는 듯한 느낌이 들었다. 주중의 피로를 풀고, 아무 생각 없이 TV를 보며 시간을 보내고 싶었다. 그런데 아내는 단호했다. 내가 "이번 주는 좀 쉬자."라고 말하면, 그녀는 눈을 동그랗게 뜨고 대답했다. "무슨 소리야? 모임은 가야지!" 그 말 한마디에 나는 정신이 번쩍 들었다. 아내의 단호한 목소리에는 내가 다시 주식이나 코인, 인터넷 도박 같은 곳에 손을 댈까 봐 걱정하는 마음이 깔려 있었다. 내가 또다시 과거의 모습으로 돌아가면, 어렵게 가져온 우리 가정의 평화가 한순간에 무너질 수 있다는 경고가 그녀의 강한 어투에 숨어 있다.

건물 입구를 지날 때마다 얼굴을 숙이고, 경비 아저씨의 눈길을 피하며 허둥지둥 5층으로 올라갔다. 낯선 공간, 낯선 사람들, 그리고 인정하고 싶지 않은 '도박중독자'라는 이름표. 그 무게가 내 어깨를 짓눌렀다. 모임에서 나누는 이야기들은 더욱 힘들었다. 선배 협심자들은 끊임없이 질문했고, 조언을 건넸다. 그들은 나를 위해서 얘기한다고 했지만, 나는 오히려 수치심과 불편함에 몸을 웅크렸다. 가장 힘들었던 순간은 아내가 나의 잘못된 습관에 대해 많은 사람들 앞에서 공개적으

도박과 이혼하겠습니다

로 비판할 때였다. 얼굴이 화끈거리고, 속이 부글부글 끓었다. '도박만 끊으면 되는 거 아닌가? 왜 이렇게 시시콜콜 간섭해야 하지?'

하지만 시간이 흐르며 깨달았다. 나는 스스로에게조차 떳떳하지 못했다는 것을. GA에서 배운 것 중 가장 큰 깨달음은 바로 이것이었다. '방귀 낀 놈이 성낸다'는 말처럼, 나는 온전히 자기중심적인 사고방식에 갇혀 있었다. 나만 힘들다고 생각했고, 나만 억울하다고 여겼다. 하지만 단도박을 지속하려면 이 사고방식을 내려놓아야 했다. 특히 돈 문제에 있어서는 내 자율성을 포기해야 했다. 돈이 내 손에 있으면, 언제든 무너질 수 있었다. 그래서 아내가 개입해야 했고, 내가 그녀의 결정을 받아들일 줄 알아야 했다.

"회합이 모든 걸 이루어 냅니다."

GA 책자에서 본 이 한 문장이 단도박의 본질을 딱 짚어준다. 혼자서는 절대 끊을 수 없다. 도박의 유혹은 너무 강하고, 중독자의 머리는 너무 영리해서, 가족과 친구 같은 옆에서 감시하고 보살펴주는 사람들이 없으면 빠져나올 방법이 없다. 이 사실을 진심으로 받아들일 때, 비로소 단도박이 시작

된다. GA 모임 안에서 우리는 서로에게 솔직해진다. 도박을 감추기 위해 쌓아 올렸던 거짓말들을 하나씩 걷어내면서, 그 안에서 치유를 찾아간다.

GA 모임은 나뿐만 아니라 아내에게도 마치 한여름의 그늘막 같은 곳이다. 숨 막히는 더위 속에서 잠시 쉬어 갈 수 있는 그런 공간. 가족 모임에서 아내는 그동안 혼자 삭여야 했던 감정을 마음껏 털어놓는다. 참아왔던 눈물과 분노, 두려움을 솔직하게 말하면서, 같은 아픔을 겪은 사람들과 소통하며 깊은 위안을 얻는다. 그리고 다른 가족들과 이야기를 나누면서, 중독과 싸우는 법, 회복해 가는 과정에 대해 배워간다. 같은 아픔을 나누는 사람들과 이야기를 나누다 보면, 처음 본 사이임에도 마치 오랜 친구처럼 공감과 이해가 오간다. 그 시간이 아내에게 큰 힘이 된다.

이번 주말에도 우리 부부는 함께 모임에 간다. 이제는 경비 아저씨에게 내가 먼저 인사를 건네고, 아내와 함께 엘리베이터에 오른다. 회의가 시작되기 전, 로비에서 차를 마시며 도착한 사람들과 안부를 나누는 시간이 반갑고 즐겁다. 이전에는 불편했던 이곳이 지금은 우리에게 편안한 장소가 되었다.

사람은 쉽게 변하지 않는다고 하지만, 같은 목적지를 향해 함께 걷는 사람들이 있다면 변화는 가능하다. GA 모임이 그 변화를 가능하게 한다.

GAMBLERS ANONYMOUS

02

단도박 모임
소책자

GA 모임 첫 번째 회합 시간에 읽는 노란색의 20페이지짜리 얇은 책자, 제목은 『단도박 모임』. 이 소책자는 우리 협심자들에는 교과서와 같다. 단도박 모임이 시작되면 사회자가 하는 설명에 따라 잠시 1주일을 되돌아보는 침묵의 시간을 가진다. 그 후, 참석자들은 돌아가며 소책자 내용을 한 페이지씩 읽는다. 이 책자는 단도박 모임의 역사, 도박중독이 무엇인지, 도박중독자의 기질적 특성이 어떤 것인지, 그리고 도박을 멈추기 위해 어떤 노력을 기울여야 하는지를 다루고 있

도박과 이혼하겠습니다

다. 특히 도박이 무엇인지 설명해 주는 부분을 읽으면 나의 주식 투기가 도박이었음을 인정할 수밖에 없다.

"도박중독자에게 도박의 정의는 다음과 같습니다. 도박이란, 자기를 위해서나 타인을 위해서나, 돈을 위해서건 아닌건, 아무리 작고 사소한 것이라도 결과가 불확실한 것에나, 우연 또는 손재주·기술에 의존하는 것에 어떤 내기를 거는 행위입니다."

일반인들이 흔히 정상적인 투자라고 여기는 증권 거래를, 나는 철저히 도박으로 변질시켰다. 은행에서 빌린 돈으로 주식을 사고, 그 주식을 담보 삼아 증권사에서 또다시 돈을 빌렸다. 그러고는 하루에도 몇 번씩, 아니 몇십 번씩 주식 가격을 확인하느라 일상이 엉망이 되었다. 터무니없는 내 주식 기술을 맹신하며, 근거 없는 행운에 모든 것을 걸었던 것이다.

책 속의 내용은 매주 변하지 않는다. 어렵지도 않은 내용이다. 그런데도 그 문장들을 곱씹으며 읽는다. 같은 내용을 반복해서 읽지만, 매번 다르게 느껴지는 이유는 내 안에서 무언가가 조금씩 변화하고 있기 때문이다. 모임에 처음 다니기 시작한 첫 1년 동안은 그런 변화를 전혀 느끼지 못했다. 오히려 '특별할 것도 없는 내용을 왜 이렇게 똑같이 반복해야 하지?'라는 생각에 주말 저녁을 빼앗기는 게 아깝기까지 했다. 하지만 GA 모임의 선배 협심자는 자주 이런 말씀을 하셨다.

"책자의 간단한 내용을 마음으로 느끼는 데 몇 년이 걸렸습니다."

그 말의 의미를 이제야 이해한다. 눈으로는 책을 읽었지만, 마음으로는 받아들이지 못했다. 그 시절을 돌아보면, 나는 정서적으로는 메마르고 마음의 문이 닫힌 상태였다. 처음에는 그저 글자에 불과했던 책의 내용이, 시간이 지나면서 내 마음속 깊은 곳을 두드리기 시작했다. 쉽고 단순한 문장이지만, 이제서야 고개를 끄덕이며 마음으로 받아들일 수 있게 되었다. 맨 처음 이 모임에 왔을 때, 내 머릿속을 지배한 생각은 단 하나였다.

'여기 계속 다닌다고 당장 내 형편이 뭐가 나아지겠어.'

나는 아내에게 모임에 간다고 거짓말했다. 그리고 집을 나와 때로는 지하철 플랫폼에 쪼그리고 앉아, 때로는 자동차 안에 숨어 코인 차트를 들여다보며 마지막 바닥을 향한 베팅을 멈추지 않았다. 스스로 무너지고 있다는 것을 알면서도, 그 끝없는 추락을 제어할 수 없었다. 이런 행동은 도박중독자라면 누구나 경험하는 전형적인 패턴이다. 많은 연구에서도 밝혀졌듯, 도박중독자는 자신의 문제를 인정하지 않는다. 현실을 외면한 채, 자신이 모든 것을 통제할 수 있다고 착각하며 나락으로 빠져든다.

소책자는 도박중독자의 성향에 대해 이렇게 말한다. 노력 없이 인생에서 좋은 것을 얻고자 하는 지나친 욕망, 도박 사실을 숨기며 책임을 회피하려는 행동, 남들에게 멋지게 보이기 위해 반사회적인 일조차 서슴지 않는 모습, 이러한 성향은 참석자들로 하여금 자신의 삶을 성찰하게 만든다. 또한, 신경과민, 화를 잘 내는 성격, 우유부단함, 그리고 대인관계의 연속적인 파괴와 같은 성격적 취약성을 관리하는 것이 단도박을 위해 중요한 과제임을 강조한다. 이를 위해서는 주기적으로 모임에 참석해 대화와 토론을 이어가는 것이 필수적이다.

성격을 바꾼다는 것은 참으로 어려운 일이다. 어떤 사람들은 타고난 성격을 바꾸는 것은 불가능하다고 단언하기도 한다. 그러나 도박중독자에게 문제가 된 심리적 결함을 완전히 고치지는 못하더라도, 그 영향을 약화시키고 개선할 수 있다는 것이 이 모임의 핵심 취지다. 가장 희망적인 본보기는 단도박 여정을 성공적으로 이어가고 있는 선배 협심자들이다. 그들의 경험담은 듣는 이들에게 큰 위로를 줄 뿐만 아니라, 회복 과정에서 실질적인 지침이 된다.

이렇듯 단도박 모임의 소책자는 단순한 정보 전달에 그치지 않는다. 그것은 각 개인이 자신의 삶을 되돌아보고, 변화의 가능성을 발견하도록 돕는 역할을 한다. 매번 반복되는 내용 속에서도 새로운 깨달음을 얻고, 서로의 이야기를 나누며 함께 성장해 나가는 과정, 바로 이것이 GA 모임의 진정한 의미다.

빚은 빨리 갚는 게
아닙니다

"빚은 최대한 천천히 갚아야 합니다. 빚을 갚는 고통을 길게 느껴야 합니다."

단도박 7년 차 선배 협심자의 이 한마디에 참석자들의 눈이 휘둥그레졌다. '빚을 빨리 갚기 위해 절약하고 투잡, 쓰리잡 더 열심히 일해야 하는 게 아닌가?'라는 생각이 일반인들의 상식일 것이다. 그러나 빚을 빨리 갚지 말라는 말에 다들 뭔가 잘못 들었다는 표정이었다. 선배 협심자는 이야기를 이어갔다.

"타 모임 협심자의 재발 이야기입니다. 그는 본업을 마치고 늦은 저녁부터 새벽까지 대리운전을 했습니다. 낮에는 본업으로, 밤에는 잠을 줄여 가며 열심히 일했기에 빚을 빠른 속도로 갚았습니다. 그런데 비가 추적추적 내리던 어느 날, 고객을 목적지까지 잘 데려다주고 돌아오는 길에 문득 '내가 왜 이렇게 살아야 하나'라는 울적한 기분이 들었다고 합니다. 그때, 길가에서 음침한 빛이 새어 나오는 게임장이 눈에 띄었고, 뭔가에 홀린 듯 그는 문을 열고 들어갔습니다."

이어지는 이야기는 마치 결말이 뻔한 드라마 같았다. 해피엔딩이 아닌 새드엔딩이었다. 1년 넘게 도박을 참았던 그는 그날 단 한 번의 베팅을 시작으로, 이윽고 투잡까지 하며 갚았던 돈의 수십 배에 달하는 빚을 떠안았다. 그동안 열심히 단도박 했던 기간은 원점으로 돌아갔고, 단도박 1일 차부터 다시 시작해야 한다는 생각에 그의 자존감은 무너졌을 것이다. 또 다른 이야기가 이어졌다.

"A 협심자와 그의 아내는 대출 이자가 작은 빚을 먼저 갚고, 대출 이자가 큰 빚은 나중에 갚기로 했습니다. 목돈이 생겨도 빚을 한 번에 모두 갚지 않고, 최대한 늦게 나눠서 갚았

도박과 이혼하겠습니다

습니다. 빚 갚는 기간을 짧게 계획하는 것이 아니라 길게 계획하면 어떤 생각이 들까요? '내가 미쳤지, 내가 미친 짓을 해서 이런 손해를 사서 하는구나!'라고 자신을 비웃지 않겠습니까? 그리고 이자를 갚는 내내 아까운 생각이 들겠지요? 그렇게 해서 A 선생님은 지금까지 단도박을 10년째 잘해 오고 있습니다."

이 말을 듣는 동안 또 다른 선배 협심자의 조언이 떠올랐다.

"5년 동안 빚을 갚을 계획을 세웠다면, 10년 또는 15년으로 기간을 늘려보세요. 그러면 빚을 빨리 갚아야 한다는 압박감이 줄어들고, 빚을 갚는 동안 재발하면 그동안의 노력이 물거품이 된다는 경각심에 단도박이 잘될 겁니다. 빚과 평생 같이 살아도 도박을 안 하면 행복하게 살 수 있습니다."

그 선배님은 7년에서 10년 정도 지나면 대부분의 협심자가 빚 문제를 해결하는 모습을 옆에서 보아왔다고 했다. 빨리 갚으려는 마음은 독이고, 천천히 갚으려는 마음이 약이라는 말씀이었다. 도박으로 생긴 큰 빚을 도박으로 갚지 않고서는 다른 방법이 없다고 생각했던 때를 나는 회상했다. 이미 생긴 빚을 손절하지 못하고 도박으로 메꾸겠다는 어리석은 아집이 나를 중독의 늪으로 끌어들였다. 마음 깊은 곳에서 나는 '빚'을 인생에서 반드시 무찔러야만 하는 '적(敵)'처럼 여겼던 것은 아닐까.

선배님의 이야기를 듣고 나는 이제 빚을 한동안 함께 지내야 할 손님 정도로 대하기로 했다. 그러니 나를 짓누르던 무거운 짐을 등에서 내려놓은 듯한 홀가분함을 느꼈다. 도박중독자는 빚을 빨리 갚으려는 마음을 내려놓아야 한다는 선배 협심자의 지혜로운 조언 덕분에 마음 편히 일상을 지낼 수 있었다.

생일보다 값진
단도박 기념일

도박의 유혹을 떨치고 GA 모임에 꾸준히 참석한 협심자에게는 특별한 행사가 기다리고 있다. 바로 단도박 기념 잔치이다. 이 잔치는 100일을 시작으로 매년 단도박을 시작한 날짜가 속한 달에 열린다. 잔치에서 받는 칭찬과 격려는 단도박 의지를 더욱 굳건히 다지는 힘이 된다. 100일, 1년, 2년, 3년이 지나면서, 마치 배 속의 아이가 세상에 나와 100일 잔치, 돌잔치, 그리고 매년 생일을 축하하듯, 단도박 기념 잔치는 우리 모임의 협심자들이 도박을 끊고 정상적인 삶으로 돌아온 것을 축하하는 행사이다.

GA 모임에 참석한 지 두어 달 된 중독자에게는 타 모임의 잔치에 참여해 많은 것을 보고 느끼고 배우라고 권유한다. 잔치에서는 일상적인 모임에서 결코 느낄 수 없는 감동과 깨달음을 경험할 수 있기 때문이다.

나도 GA 모임에 처음 참석한 지 몇 달이 지나자, 선배 협심자에게서 타 모임의 잔치에 가보라는 제안을 받았다. 솔직히 그때 드는 생각은 부정적이었다. '도박을 중단한 게 뭐 그렇게 대단한 일이라고 잔치라는 이름을 붙여 행사까지 하는 거지? 그냥 조용히 단도박을 유지하며 잘 지내면 되지 않을까?'라는 회의가 내 마음을 스쳤다.

하지만 등 떠밀려 참석한 잔치는 내가 예상했던 것과는 전혀 다른 감동으로 가득 차 있었다. 빽빽하게 들어찬 사람들의 모습에 놀랐고, 조촐하면서도 나름의 격식을 갖춘 기념식에서 몸과 마음을 가다듬고 주인공의 발표에 귀를 기울였다. 한 사람의 삶이 파노라마처럼 펼쳐지는 소감 발표 시간은 내 과거의 세세한 기억을 소환했다. 돈을 만들기 위해 쏟았던 끝없는 거짓말과 도박 중 느꼈던 초조함, 그리고 죄책감이

도박과 이혼하겠습니다

고스란히 떠올랐다.

도박중독의 당사자뿐만 아니라, 그들의 배우자와 가족들도 협심자 발표에 이어 소감문을 읽는다. 가족들의 소감문은 참석자들에게 또 다른 차원의 교감을 선사한다. 이 자리에 있는 모두는 한 가지 사실을 알고 있다. 만약 가족이 곁에서 끝까지 보살피지 않았다면, 협심자가 이곳까지 오기란 거의 불가능했을 거라는 것을.

가족들의 소감문에는 단순한 이야기 이상의 무언가가 담겨 있다. 그것은 협심자의 중독으로 인해 가족들 또한 겪어야 했던 깊고도 고통스러운 삶의 흔적이다. 협심자가 도박에 미쳐 날뛰던 그 시절, 가족들은 뒤에서 눈물로 기도하며 애원했고, 때로는 그들을 뿌리치며 냉정해질 수밖에 없었다.

가족의 마음은 복잡하고도 모순적이다. 이제는 비록 도박중독을 멈춘 협심자에게 감사함을 느끼지만, 과거의 상처는 여전히 선명하고, 그로 인한 미움과 앞으로도 안심할 수 없다는 불안감이 여전히 가슴 한켠에 남아 있다.

협심자들이 발표하는 이야기는 형식적인 고백이 아니다. 그것은 삶의 고통과 후회, 그리고 GA 모임에 참여하기까지

의 우여곡절이 고스란히 담긴 깊은 울림의 이야기다. 그들의 이야기를 들을 때마다 청중들은 그저 듣는 이들이 아니라, 그들의 아픔을 함께 느끼며 숙연해지고, 때로는 벅찬 감동에 가슴이 울컥해진다. 그래서 잔칫날에는 같은 지역의 다른 모임뿐만 아니라, 먼 타지역에서도 시간을 내어 찾아오는 이들이 있다. 회복의 기쁨을 나누고 축하하며 우리는 끈끈한 유대감을 느낀다.

나는 4년 동안 총 다섯 번의 잔치를 열었다. 나에게 있어 잔치를 앞두고 쓰는 소감문은 그동안 내가 정서적으로 얼마나 성장했는지를 돌아보는 중요한 기회였다. 100일과 1주년 잔치에서는 내가 도박으로 얼마나 깊은 고통 속에 있었는지 되돌아보고, 아내의 도움으로 GA 모임을 만나 회복의 여정을 시작하게 된 것에 대한 다행스럽고 감사한 마음이 주를 이뤘다.

2년, 3년, 4년…… 연차가 늘면서, 나의 소감문에 담기는 내용도 점차 발전했다. 일상에서 작은 행복을 느끼고, 타인을 돌아볼 수 있는 마음의 폭이 넓어졌다는 내적 성장에 대한 이야기, GA 공동체로 인연을 맺은 협심자들과 그 가족들에

소중함 등이 마음에서 우러나왔다.

단도박 기념 잔치는 형식적인 행사가 아니라 회복의 과정을 되돌아보고, 자신이 얼마나 성장했는지, 그리고 여전히 치유가 필요한 부분은 무엇인지 진지하게 살펴보는 소중한 자리다.

05
단도박
연수프로그램

'나는 달라. 내 의지만 잘 유지하면 중독에서 회복할 수 있어.'

이런 생각은 도박중독자라면 누구나 한 번쯤 품게 되는 마음이다. 그러나 GA 프로그램에 참여하는 것은 결코 혼자의 힘으로 이루어지는 일이 아니다. 그것은 부지런함과 의지뿐만 아니라, 가족의 동참 없이는 지속하기 힘든 과정이다.

1주일에 한 번, 2시간의 모임에 참석하는 것조차 쉽지 않다. 그런데 1박 2일 연수 프로그램에 참여하는 일은 더 많은 에너지를 요구한다. GA 모임에 열심인 아내도 2년이 지나도록 연수에 참여하는 데에는 아이들에 대한 걱정과 주말을 전부 단도박 활동에 쏟는 것이 아깝다는 이유로 난색을 표했다.

하지만 시간이 흐르면서, 우리 부부에게 GA 프로그램에 대한 신뢰가 서서히 쌓이기 시작했다. 선배 협심자 선생님과 여사님 부부의 변화를 보며, 저절로 마음이 동했다. 그들의 성장이 우리에게도 희망을 주었고, 아이를 돌봐줄 청년 봉사자들이 있다는 사실은 더 이상 피할 이유가 없다는 동기를 주었다. 나의 단도박 2년 잔치 즈음, 아내가 조심스레 제안했다. "이번 가을 연수는, 우리도 한번 가볼까?" 나는 그 말에 주저 없이 고개를 끄덕였다.

주말이라 고속도로는 붐볐다. 아내와 둘째 아이, 그리고 나. 이렇게 셋이 2시간을 들여 금산청소년수련원에 도착했다. 입구에서 우리를 반겨주는 선배 협심자들과 여사님들의 환한 미소가 유난히 밝아 보였다. 그 순간, 과거에 내가 다단계에 빠져있을 때 수도 없이 다녔던 1박 2일 세미나장의 모습이 떠올랐다. 그때의 사람들은 오직 화려한 성공을 위해 세미나에 집중하겠다는 의지를 보이기라도 하듯, 좋은 자리를 차지하기에 바빴다. 하지만 이곳은 모두 소박하고 온화한 모습이었다. 아마도 도박이라는 험한 비탈길을 지나, 이제는 새로운 인생을 맞이하고 있어서일까. 인사를 나누는 동안 나도 모르게 기분이 좋아졌다.

자리에 앉아 GA 모임의 역사와 소개를 들었다. 한국에서는 벌써 40년 가까이 이어지고 있다는 이야기를 들으니, 그동안 얼마나 많은 사람들이 도박으로 고통받았을까, 문득 그들의 아픔에 깊이 감정이입이 되었다. 첫 강의는 도박중독자와 그 가족이 어떻게 하면 행복하게 살 수 있을지에 대한 교수님의 강의였다. 강의를 듣는 내내 초집중했다. 그동안의 내 모습과 딱 맞아떨어지는 내용이었다. 다른 사람들도 비슷한 마음인 듯, 웃음과 한탄이 오갔다. 2시간 가까운 강의를 마치고, 다시 듣고 싶다고 말하거나 영상으로 다시 볼 수 없냐고 물어보는 여사님이 있을 정도였다.

우리 부부가 강의를 듣고 프로그램에 참여하는 동안, 둘째 아이를 '게 마틴(Gam-A-Teen)'이라는 도박중독자의 자녀 모임에 맡겼다. 그곳에는 초등학교 저학년과 미취학 아동이 약 10명 정도 있었고, 여대생들이 아이들을 돌보는 선생님의 역할을 맡아주었다. 쉬는 시간에 '게 마틴' 장소에 가보니, 둘

도박과 이혼하겠습니다

째 아이가 낯선 환경에서도 떼쓰지 않고 누나, 형, 선생님들과 잘 어울리는 모습이 보였다. 새로운 사람들과 어울리는 것을 좋아하는 아이임을 알고 있었지만, 이렇게 금세 적응하고 잘 노는 모습이 기특하면서도 고마웠다.

연수원 지하에 마련된 구내식당에서 맛있는 저녁을 먹고, 전국에서 모인 협심자와 가족들과 함께 조별 주제 토론에 참여했다. 내가 속한 조는 도박중독자 너덧 명과 그들의 가족 네댓 명으로 구성되었다. 그곳에서 여사님들의 가슴 아픈 이야기를 들을 수 있었다.

남편의 도박으로 이혼하게 된 이야기, 학교 선생님이었던 남편이 도박 때문에 결국 직장을 잃게 된 이야기 등 다양한 사연이 오갔다. 이야기를 들으며 나는 도박중독자 당사자보다 가족들이 겪는 고통이 얼마나 크고 불합리한지 생각하지 않을 수 없었다. 동시에, 내 가정이 해체되지 않고 온전하게 유지되고 있다는 사실이 새삼 다행스러웠다.

주제 토론이 끝난 후에는 내가 속한 토요모임의 협심자와 가족들이 함께 모여 간단한 다과 시간을 가졌다. 연수에 참여한 소감을 자유롭게 나누며, "역시 연수에 오길 잘했다"는 말로 서로를 격려하고 칭찬했다. 우리의 연대감은 한층 깊어졌고, 앞으로의 회복 여정에 대한 의지는 더욱 단단해졌다.

이틀 차 연수 일정이 모두 끝나고, 강당 밖으로 나왔다. 인조 잔디가 깔린 풋살 운동장에서 아이들의 목소리가 들렸다. 게 마틴 봉사 선생님 한 명이 공을 차니, 물고기 떼가 먹이를 찾아 줄을 잇듯 아이들이 공 쪽으로 몰려들었다. 줄 맨 끝에 둘째 아이가 보였다. 신나게 달리는 아이의 모습에 가슴이 찡했다. 아이가 노는 동안 연수 참여자들은 마지막으로 단체 사진을 찍었다. 기분 좋게 사진을 찍고, 다음에 또 만나자는 인사를 나눈 후 아이를 데리러 갔다.

이번에는 선생님들과 누나들 앞에서 걸그룹의 댄스를 멋지게 추고 있었다. 춤이 끝나자 "정말 잘한다. 최고야~"라며 아이와 한 선생님이 서로 손을 맞추며 하이 파이브를 했다. 먼발치에서 그 모습을 지켜보니 코끝이 찡해지면서 눈에 눈물이 고였다. 나의 회복을 위해 온 이곳에서 아이에게 모처럼 뛰놀며 즐거운 시간을 가지는 기회가 주어져서 행복했다.

"아빠, 여기 또 오고 싶어!"

들뜬 목소리로 아이가 외쳤다. 놀이동산이나 리조트가 아

닌 GA 봄 연수에 참여하고 이렇게 좋아하는 모습을 보니, 정
말 대견하고 감사한 마음이 들었다.

중독 뇌를 변화시키는
가치들

다음은 선배 협심자들이 자주 하는 말씀이다.

"심한 도박중독자는 뇌 구조가 일반인과는 완전히 다릅니다. 7~8년 이상 꾸준히 단도박 생활을 지속해야 정상인과 비슷해집니다."

이 말을 처음 들었을 때, 나는 그저 중독의 심각성을 과장되게 표현하는 것으로 여겼다. 그런데 실제 뇌 영상 연구 결과에 따르면, 중독자의 뇌는 일반인과 확연히 다른 패턴을 보인다.

뇌의 전두엽은 계획, 의사결정, 자제력, 그리고 장기적인 목표를 설정하는 데 중요한 역할을 한다. 도박중독자의 경우, 일반인에 비해 전두엽이 위축되거나 비정상적으로 기능이 저하되어 있는 경우가 많다. 이는 도박중독자들이 충동을 억제하지 못하고, 합리적인 판단 대신 즉각적인 쾌락을 추구하는 이유를 설명해 준다.

이와 반대로, 쾌감과 보상에 관련된 도파민 보상회로는 비정상적으로 활성화되어 있다. 도박으로 인한 일시적인 흥분과 보상이 뇌에 과도하게 각인되어 있어, 중독에서 쉽사리 헤어 나오지 못한다. 요약하자면, 도박중독자는 뇌가 아픈 '환자'라는 뜻이다. 중독된 뇌를 정상으로 되돌리려면 우선 도박을 멈추는 것이 필수적이다. 동시에, 생각과 행동 습관을 점진적으로 건강한 패턴으로 변화시켜야 한다. 단도박 생활을 통해 뇌의 전두엽 기능을 회복시키고, 도파민 보상회로의 과도한 활성화를 줄이는 과정이 필요하다. 이는 단순히 시간이 흐른다고 해결되는 것이 아니라, 꾸준한 자기 성찰과 행동의 변화, 그리고 주변 사람들의 도움 속에서 이루어진다.

그래서 단도박 모임 2차 회합 때의 단골 주제 중 하나가

"변화"이다. 협심자들은 단도박을 시작한 후 어떤 변화를 경험하고 있는지, 변화를 위해 어떤 노력을 기울이고 있는지, 그리고 가족들은 도박중독자가 어떻게 바뀌어 주길 바라는지에 대해 진솔하게 이야기를 나눈다.

"도박을 멈추고 가장 크게 달라진 것은 무엇인가요?"

어느 날 사회자가 이렇게 물었다. 한 협심자가 조용히 대답했다.

"거짓말을 멈추었습니다. 거짓말을 안 하니 마음이 이토록 편할 수가 없어요."

그 순간, 방 안의 모든 이들이 고개를 끄덕였다. 나 역시 마찬가지였다. 단도박 전에는 거짓말이 내 일상이었다. 내가 무슨 짓을 하고 있는지조차 모를 만큼 거짓말로 행동을 포장했고, 그 과정에서 양심의 가책 따위는 느끼지 않았다. 거짓말은 나를 보호하려는 방패였고, 동시에 내 정신을 갉아먹는 독이었다.

거짓말만이 아니었다. 지나치게 강한 승리욕, 고집스러움, 신중함의 결여, 그리고 무언가를 빨리 이루고 싶어 안달하는 조급함. 이런 것들은 중독자라면 누구나 비슷하게 지닌 기질이다. 도박에서 한 번의 대박을 맛본 기억에 도취되어, 또다시 그 순간을 재현하려는 욕망은 끊임없이 나를 도박의 수렁으로 끌어당겼다. 하지만 돌이켜 보면, 그 욕망의 뿌리는 단순한 탐욕이 아니었다. 그것은 내 마음 깊은 곳에 자리 잡은 심리적인 결핍에서 비롯된 것이었다.

나는 손해를 보면 반드시 만회해야 한다는 강박에 사로잡혀 있었다. 오늘 10만 원을 잃으면 오늘 당장 10만 원을 복구해야만 잠을 잘 수 있었다. 그러다 손실이 20만 원, 100만 원으로 불어나면 이성은 완전히 마비되었고, 간신히 원상복구를 이루더라도 '딱 한 번만 더'라는 욕심이 나를 덮쳤다. 이 악순환은 멈출 줄 몰랐다.

어릴 적 기억을 더듬어 보니, 나는 항상 '내가 먼저'였다. 장남으로 자라며 동생들에게 양보하기보다는 좋은 것을 먼저 차지했고, 그런 나를 가족들도 당연하게 여겼다. 그러다 보니 내 이기심은 자연스러운 것으로 자리 잡았다. 성인이 되어서도 나는 타인을 위해 내 돈이나 시간을 쓰는 데 인색했다. 심지어 가족에게도. 그러니 도박에서 잃는 것을 인정하는 것은 더더욱 불가능했다. 나는 무조건 잘될 거라고, 잘돼야만 한다고 믿었다. 근거 없는 확신과 이기심은 도박중독에 촉진제 역할을 했다.

또한 '조급함'과 '신중성 결여'와 같은 성격적 결함은 나를 끊임없이 시험했다. 살면서 나는 신중하지 못한 결정으로 자주 후회했다. 사고 싶은 물건이 생기면 고민할 새도 없이 충동적으로 구매했고, 자동차처럼 큰 지출에서도 예외는 아니었다. 대학이라는 중요한 선택조차 성적에 맞춰 대충 결정했다. 결과는 뻔했다. 후회와 고생이 뒤따랐다. 이 조급함은 도박에서 특히 치명적이었다. 코인 선물은 짧게는 30분, 길어야 몇 시간 안에 결과가 나왔다. 즉각적인 보상은 조급한 나에게 최적의 오락이었다. 만약 결과를 일주일 뒤에 알게 되는 도박이었다면, 나는 아마 중독되지 않았을 것이다.

GA에서 이러한 중독자의 심리적인 취약성을 완전히 없앨 수는 없더라도, 약화시킬 수는 있다는 것을 배웠다. GA 책자는 말한다. 도박중독자뿐만 아니라 모든 중독자들이 '영적 원칙'을 통해 내면의 변화를 이루어 회복할 수 있다고. 여기서 '영적'이라는 단어는 종교적 의미가 아니라, 친절함, 관대함, 정직함, 겸손함 같은 인간의 고귀한 자질을 뜻한다.

모범적인 선배 협심자들은 정직함과 여유, 길게 보고 판단하기를 생활 속에서 실천했다. 하지만 초심자일때의 나는 그 반대였다. 의심받는 상황에서 아내에게 화를 내고, 모임에서도 다른 사람의 말을 듣지 않았다. 나보다 먼저 회복의 길을 걷고 있는 이들의 말을 경청하고 변해야겠다고 마음을 열어야 했지만, 그 길은 쉽지 않았다.

　　변화는 느리게 찾아왔다. 가장 먼저 내려놓아야 했던 것은 '빨리 문제를 해결하고 싶다'는 마음이었다. 빚을 갚고 모든 것을 원상복구하려는 강박에서 벗어나야 했다. 그리고 나의 성격상 약점을 인정해야 했다. 아내가 나의 이기심이나 고집을 지적할 때, 예전 같았으면 '난 원래 그래.'라며 다투었겠지만, 이제는 받아들이려 노력했다.

　　변화는 거창하지 않았다. 돈을 쓸 때 소액이라도 아내와 의논하고, 성급히 결정하지 않으려 마음을 느긋하게 가지는 것부터 시작했다. 회사에서 있었던 일이나 사소한 일상 이야기를 가족과 나누며 대화의 즐거움을 배웠다. 특히 아이들이 자라는 모습에 대해 대화를 나눌 때면, 가족과 함께라면 어떤 어려움도 헤쳐 나갈 수 있다는 용기가 생겼다.

이 작은 변화들이 나와 가족의 관계를 단단히 만들고 있다. 그것이야말로 내가 도박을 멈추고 얻은 가장 큰 선물이 아닐까.

도박과 이혼하겠습니다

단도박이
뒤바꾼 일상

GA에 참여하는 도박중독자들은 겉보기엔 평범하다. 단정한 옷차림, 훤칠한 키에 잘생긴 외모를 지닌 이들도 많다. 언뜻 보면 누가 심각한 도박중독자일지 알 수가 없다. 하지만 단 한 가지, 그들의 눈빛만큼은 숨길 수 없다. 흐릿한 눈동자, 멍하게 떠도는 시선. 삶의 초점이 사라진 눈빛이다. 거기엔 오직 돈과 도박에 대한 집착만이 남아있다.

나 역시 그랬다. 도박에 빠져있던 시절, 나는 사람의 눈을 제대로 마주 보지 못했다. 길을 걸을 때도, 마트에서 계산할 때도, 심지어 운전할 때도 손에 쥔 스마트폰 화면만 응시했다. 아내와 아이가 내 앞에서 이야기를 해도, 나는 대답은커녕 제대로 듣지도 않았다. 모든 감각이 마비된 듯했다. 머릿속엔 오직 하나의 생각뿐이었다. '다시 돈을 따야 한다. 그래서 도박으로 진 빚을 메꾸어야 한다.'

정상적인 일상이 될 리가 없었다. 밤과 낮의 경계가 사라졌다. 눈을 뜨면 가장 먼저 스마트폰을 집어 들었고, 전날의 패배를 곱씹으며 오늘은 어떻게 돈을 걸어야 할지 계산했다. 식사도, 샤워도, 가족과의 대화도 모두 뒷전이었다. 집 안에서 내가 하는 일이라고는 먹고, 스마트폰을 만지작거리는 것뿐이었다. 거울 속의 나는 점점 초췌해지고 있었지만, 그런 모습에 신경조차 쓰지 않았다.

그런 나를 바라보며 아내는 속이 타들어 갔을 것이다. 아내가 몇 번이고 조심스럽게 말을 꺼냈지만, 나는 짜증을 냈다. "알아서 할게", "좀 놔둬", "나도 힘들어" 결국 아내는 말 대신 한숨을 내쉬었다. 하지만 나는 그마저도 듣지 못했다.

단도박 2년 차 어느 주말 아침, 나는 거실 창문을 활짝 열고 청소기를 돌렸다. 그동안 눈에 들어오지 않았던 집 안 구석

도박과 이혼하겠습니다

구석에 쌓인 먼지들이 새삼스레 눈에 들어왔던 것이다.

사실, 보통의 남자라면 청소 정도는 당연한 일이다. 하지만 나에게는 그렇지 않았다. 몸을 움직이는 것조차 싫어하던 시절이 있었기 때문이다. 식탁의 부스러기조차 치우지 않던 내가 먼저 청소를 하다니.

"당신, 좀 변했네!"

아내가 내 모습을 보며 놀람과 기쁨이 섞인 말투로 말했다. 그 순간 움츠러들었던 내 어깨가 조금은 펴지는 듯했다. 그리고 또 하나, 둘째 아이와의 하루도 내 변화 중 하나였다. 어느 날, 아이가 심심하다며 보채기 시작했다. 예전 같았으면 나는 스마트폰을 쥔 채 대충 "좀 이따가 놀아줄게!"라며 넘겼을 것이다. 하지만 그날은 달랐다.

"아빠랑 놀이터 갈까?"

아이는 두 눈을 반짝이며 고개를 끄덕였다. 집에서 10분 거리에 있는 작은 공원. 미끄럼틀과 시소, 몇 개의 운동기구가 놓여 있는 평범한 곳이었다. 아이에게는 그곳이 맘껏 뛰놀 수 있는 드넓은 공간이었다. 뛰고, 구르고, 낯선 아이들과 금세 친구가 되어 깔깔 웃었다. 아이의 해맑은 웃음이 내 가슴을 따뜻하게 감쌌다.

작은 관심과 실천이면 아이가 이렇게 좋아하는 것을, 나는 그동안 무시하며 살았다는 생각이 들었다. 아이 손을 잡고 집으로 돌아오니 아내가 반가운 목소리로 말했다.

"여보, 캔하고 병 좀 분리수거장에 내다 줘."

나는 플라스틱 수거함에서 캔과 병을 꺼내 비닐봉지에 나눠 담았다. 가벼운 발걸음으로 다시 밖으로 나섰다. 이런 간단한 일조차 예전에는 미루기 일쑤였다. '급한 일이 아니니까', '귀찮으니까' 같은 핑계를 대며 나중으로 미뤘다. 하지만 이제는 안다. 이런 작은 행동들이 모여 내 삶을 정상 궤도에 올려놓고 있다는 것을.

단도박의 여정은 단순히 도박을 끊는 일이 아니었다. 그것은 흐릿했던 눈빛에 다시 초점을 맞추고, 잃어버린 시간을 한 조각씩 되찾아 가는 과정이었다.

사랑하는 가족과 식탁에 둘러앉아 나누는 따뜻한 한 끼, 아이의 작은 손을 잡고 공원을 걷는 일, 그리고 소소한 집안일 이 모든 것이, 한때 내가 잃어버렸던 삶의 조각들이었다. 나는 그것들을 다시 하나씩 맞춰가고 있다.

176

내면의 힘으로
살아가기

단도박 생활 덕분에 내 삶에 생긴 가장 큰 변화는, 외부에서 쾌락이나 만족을 찾으려 애쓰는 대신, 내 몸과 마음을 돌보는 데서 행복을 찾기 시작했다는 것이다. 처음 단도박 모임에 갔을 때, 나는 모든 에너지를 도박을 멈추는 데 쏟아야 할 만큼 피폐한 상태였다. 불안과 후회, 자기혐오로 가득했기에 긍정적인 생각을 할 여유가 없었다. 하루하루가 버거웠다. 나는 그저 시간에 떠밀려 살고 있을 뿐이었다.

그런데, 단도박 생활이 수년간 지속되면서 나의 내면에서 어떤 변화를 느끼기 시작했다. 처음에는 단순히 도박을 멈추는 것으로 만족했지만, 시간이 흐르면서 내 마음 깊은 곳에 남겨진 공허함의 실체를 알고 싶어졌다. 주식과 코인이 사라진 자리에 무엇을 채울지 고민하던 중, 혼자 있는 시간을 즐기는 내 성격에 맞는 명상과 독서가 좋겠다는 생각을 하게 되었다.

사실 명상과 나는 그리 좋은 첫 만남을 가지지 못했다. 15년 전, 우울증 치료를 위해 마음챙김 명상을 배운 적이 있었지만, 가부좌를 틀고 10분 이상 앉아 있는 일이 너무 힘들어 금방 포기했다. 하지만 최근 심리학 책을 읽으며 명상의 유익함이 반복해서 언급되는 것을 보고 다시 시도해 보기로 했다. 이번에는 유연한 자세로 접근했다. 꼭 가부좌를 틀 필요도 없고, 손 모양이나 특정한 자세에 얽매일 필요도 없다는 걸 알고선 나는 그저 편안한 의자에 앉아 숨을 들이쉬고 내쉬는 것에만 집중해 보았다.

눈을 감고 호흡에만 신경을 쓰리라 다짐했건만 내 머릿 속은 모래바람이 휩쓸고 지나가듯 혼란스러운 생각들이 나타나고 사라졌다. 나는 왜 그런 선택을 했을까? 왜 그때 멈추지 못했을까? 젊음을 너무 허비했다는 식의 과거의 나를 원망하는 생각들이 소용돌이쳤다.

처음에는 5분도 힘들었다. 그러나 하루 10분, 15분, 20분씩 늘려가며 내 안의 불안과 함께 있는 연습을 했다. 아이의 새근대는 숨소리를 느끼듯 나의 호흡에서도 생명에 대한 호기심과 경이로움을 느껴보려 했다. 그리고 명상 서적에서 알려주는 대로 내 안에서 일어나는 생각과 감정을 떠오르는 그대로 바라보았다. 그동안 나를 너무 몰아붙이며 살았다는 생각이 들 땐 연민의 감정이 생겨 눈시울이 뜨거워지기도 했다.

나에게 명상은 그저 생각을 맑게 하는 시간이 아니다. 내 삶에서 지워버리고 싶었던 과거를 용서하는 시간이고, 있는 그대로의 나를 받아들이는 훈련의 시간이다. 명상을 통해 현재 이 순간에 존재하고 있는 나 스스로를 인정하고 존중하는 시간을 가진다. 오직 지금, 이 순간, 내 호흡과 몸의 감각을 느끼는 것만으로 족하다는 마음으로 오늘도 나는 명상을 한다.

독서는 또 다른 방식으로 나를 변화시켰다. 책 속의 이야기는 나를 다른 세계로 데려갔다. 다양한 시각으로 세상을 바라보는 법을 가르쳐 주었고, 무엇보다도 나의 삶을 다르게 해석하는 법을 알려주었다. 이전에는 도박처럼 강렬한 자극이 있어야만 살아 있다고 느꼈다. 하지만 이제는 깊이 있는 문장을 곱씹고, 한 권의 책이 던지는 질문을 사색하는 시간이 즐겁다. 책에서 새로운 통찰을 얻을 때면 나의 내면에 생긴 상처들이 하나씩 아무는 것 같아 행복하다.

명상과 독서는 단도박 이후의 내 삶을 전혀 다른 방향으로 이끌고 있다. 명상을 통해 나는 현재의 소중함을 느끼고, 독서를 통해 내 삶에 중요한 가치들이 무엇인지 발견하는 기쁨을 누린다. 이제 나는 더 이상 외부 자극에 휘둘리지 않으려 한다. 어렵게 찾은 내 안의 평화와 행복을 깊이 느끼며 살아가고 싶다.

도박과 이혼하겠습니다

단도박 모임 대표직 봉사

아내의 권유로 전국 단도박 봉사자 모임에 화상으로 참여하게 되었다. 일요일이라 아무 일도 하지 않고 쉬고 싶은 마음이 가득했기에 아내의 말을 듣고 처음에는 반발심이 생겼다. 하지만 단도박 모임의 대표를 맡기로 했으므로, 이전과는 달라져야 한다는 의무감에 노트북을 켜고 회의 접속 링크를 클릭했다. 서울에서 오프라인으로 회의가 진행되고 있었고, 직접 참석하지 못한 사람들은 화상으로 약 20명 정도 접속해 있었다. 모두 합하면 70여 명 정도 되어 보였다. 내 차례가 오자 마이크를 켜고 "○○토요모임 대표를 맡은 ○○○입니다."
라고 인사했다.

이번 단도박 모임의 대표직은 두 번째다. 2023년, 내 단도
박 기간이 3년 차가 되었을 때, 모임의 선배님이 나에게 봉사
를 해보라고 하셨다. "작년에 Y 선생님이 봉사할 차례였는데,
모임에 대한 애정이 없으신 것 같아 기다렸습니다. 올해는
Y 선생님이 봉사자로 활동하면 좋겠어요."라는 말씀에 나는
거부할 수 없었다. 전에도 후보로 거론되었지만 단도박 모임
에 열심히 하지 않아서 보류되었던 내가, 1년 후 다시 대표로
추천받았기 때문이다. 단도박 모임의 대표가 되는 것은 명예
나 권력이 있는 자리가 아니라 진정한 봉사 자리이기 때문에
부담감을 느꼈다.

동호회 모임 같은 데서의 대표는 상징적인 자리이고 실질
적인 일은 총무가 도맡아 한다. 하지만 단도박 모임의 대표
는 상징적인 의미에서의 봉사직이 아니라, 실질적인 봉사직
이다. 다른 사람들에게 모범이 되어야 하며, 모임에 빠지지
않도록 노력해야 하고, 타 모임 행사에 자주 참여하는 노력
도 기울여야 한다. 내 코가 석자인데, 나 아닌 다른 사람들을

위해 움직여야 한다는 것이 마치 몸에 맞지 않는 옷을 걸친 듯 어색한 느낌이었다. 당연히 마음가짐도 대단할 것이 없었다. 그저 내가 이곳에서 받은 것을 되갚아야 한다는 최소한의 의무감을 가지고 대표직을 수행하기로 마음먹었다.

매주 토요일 저녁 모임이 있을 때, 대표는 회합에 많은 사람들이 참석하도록 독려한다. 주로 단톡방에 메시지를 보내지만, 가끔은 직접 회원에게 전화를 걸어 왜 모임에 계속 나오지 않느냐고 소식을 묻기도 한다. 도박문제예방치유센터와 단도박자조모임 홈페이지 같은 곳에서 토요모임에 참여하고 싶다는 사람은 대표인 나에게 연락하라고 안내되어 있어, 주중에 가끔 낯선 전화를 받곤 한다.

"단도박 모임을 알아보려고 전화드렸어요."

도박 문제로 너무 힘든 시간을 보내고 있는 모습이 상대방의 목소리에 그대로 담겨 내 귓가에 전달된다. 전화 속 상대방처럼 극도로 고통스러웠던 과거의 감정 상태를 떠올리며 "지금 정말 힘드시죠? 목소리를 들으니 몹시 불안하신 것 같아요. 저도 그랬습니다. 그렇지만 분명 나아질 수 있습니다. 단도박 모임에 오시면……"이라고 짧은 위로와 희망을 전한다. 나의 흑역사가 누군가에게 도움이 되는 순간이라 생각하며 약간의 자부심도 느껴진다. 하지만 내 이야기를 듣고 진정으로 회복하고 싶어 그 주에 바로 모임에 참석하는 사람이 있는가 하면, 전화로 잠시 위안을 얻고 그 뒤로 아무런 소식이 없는 사람도 있다. 경험으로 볼 때, 10명 중 3~4명은 모임에 오고, 그중 1명 정도가 꾸준히 단도박 모임에 참여한다. 세상일이 확률로 돌아간다고는 하지만, 도박으로 죽을 만큼 고통 속에 있는 사람들의 모임 참여 확률도 일반적인 인간사와 크게 다르지 않다는 사실이 안타깝다. 모임에 나오지 않으면 도박은 계속될 것이고, 빚은 계속 늘어날 것이 뻔하기 때문이다.

우리 모임에서 대표의 역할 중 하나는 2차 회합을 진행하는 것이다. 2차 회합은 도박중독자 당사자와 그 가족들이 함께 모여 특정한 안건을 두고 토론하는 시간이다. 주제 선정에서 발언권 부여 같은 임무가 대표에게 주어진다. 회의가 원활하게 진행되도록 하려면 참석자들의 면면을 알아야 하고, 적절한 질문을 던질 줄 알아야 한다.

처음 2차 회합을 진행했을 때는 긴장으로 인해 손에 땀이 날 정도였다. 참석자들 중에는 몇 년째 꾸준히 모임에 나오는 사람도 있었고, 이제 막 첫발을 내디딘 사람도 있었다. 모두가 각기 다른 고통과 이야기를 안고 있었기에, 그들의 감정을 헤아리며 대화를 이끌어 가는 것이 쉽지 않았다. 특히 가족들이 이야기를 나눌 때, 도박 문제로 인해 생긴 갈등과 상처가 깊이 묻어나서 이야기를 적정선에서 끊기 어려울 때가 있다.

대표로 봉사하며 가장 뿌듯할 때는 처음 온 회원이 자신의 도박 문제를 있는 그대로 털어놓고, 그다음 주부터 꾸준히 모임에 참석하는 경우다. 학교에 비유하자면 모범 학생과 같다. 처음 모임에 왔을 때는 빚더미와 절망 속에서 죽지 못해 사는 듯한 초조하고 불안한 표정이었으나, 회합에 꾸준히 참석하면서 점점 평온한 표정을 되찾아 간다.

"처음에는 이곳에서 제 이야기를 하는 게 비참하고 부끄러웠습니다. 그런데 여기서 나와 비슷한 고통을 겪는 사람들을 보고, 그들이 회복의 길을 가는 모습을 보며 나도 다시 시작할 수 있다는 희망을 갖게 됐어요."

이런 이야기를 들을 때면 나는 보람을 느낀다.

올해는 두 번째 대표직을 맡게 되어 매우 기쁘고 기대가 된다. 아직 적극성을 더 키워야겠다는 생각이 들지만, 2년 전보다는 긍정적인 변화가 있음을 느낀다. 단도박 모임에서 얻은 것들이 많기 때문이다. 빚을 갚아가고 있고, 가정의 평화도 찾아왔다. 내면의 안정도 느껴지며, 더 나아질 것이라는 희망이 커지고 있다. 이 모든 것은 나보다 먼저 단도박 모임의 대표직 봉사를 해주었던 분들과 옆에서 도와준 협심자들 덕분이다. 그 사실을 떠올릴 때마다 한 발짝 더 나아가야겠다는 책임감이 더욱 느껴진다.

도박과 이혼하겠습니다

4장

GAMBLERS ANONYMOUS

방향 바꿔,
정주행 모드로!

GAMBLERS ANONYMOUS

01

본전 생각은
이제그만

모처럼 발걸음이 가벼운 출근길이었다. 코끝으로 싱그러운 공기를 느끼며 여유롭게 운전대를 잡았다. 좋아하는 라디오 프로그램을 들으며 도로 위를 달렸다. 7년 넘게 계속 지나다닌 길이라 무척 익숙하다. 익숙한 길이라서 운전하는 동안 머릿속에는 이런저런 생각들이 떠돌았다. 시간이 흘러 20분 정도 지났을까. 순간적으로 머리 위로 빨간색의 커다란 숫자 '60'이 내 시야에 들어왔다. 속도계를 보니 이미 70을 넘어 80 가까이 치닫고 있었다. 앗, 과속이다.

사실 이런 일이 처음이 아니다. 덜렁거리는 습관과 수시로 떠오르는 잡생각에 사로잡혀 과속할 때가 많았다. 그럴 때마다 신호위반이나 과속으로 집으로 배달된 과태료 통지서는 아내의 화를 돋운다. 자동차 명의가 아내로 되어 있기 때문에 고지서에 아내의 이름이 덩그러니 찍혀 있으니, 우편물을 받는 아내의 기분이 좋을 리 없다. 봉투를 열어보고 내가 또 위반한 걸 알고는 불같이 화를 낼 것이 뻔하다. "뭐 그리 바쁘다고 허구한 날 과속이야? 제발 좀 조심해서 운전해." 아내의 목소리가 벌써 내 귓가에 선명하게 들리는 듯했다.

기분이 바닥을 치기 시작했다. 출근 시간이 촉박하지도 않았는데, 조금만 액셀을 덜 밟았더라면 괜찮았을 텐데. 사무실에 도착할 때까지 후회와 부정적인 생각들이 꼬리를 물고 이어졌다. 과태료로 나갈 돈을 생각하니 속상하다. 시간만 돌릴 수 있다면 1시간 전의 아무 일 없던 그 순간으로 돌아가고 싶다. 후회막심이었다.

돌아보면, 이러한 후회의 감정은 과속과 같은 작은 일에서부터 삶의 방향을 바꿀 만한 심각한 사건들까지 수시로 나를 괴롭혔다. 내 삶을 옥죄던 건강 문제, 다단계의 늪, 도박의 유

도박과 이혼하겠습니다

혹까지 모두 같은 뿌리를 갖고 있었다. 이미 지나간 일을 받아들이지 못하는 나 자신 때문이었다.

학창 시절에는 몸이 약하다는 핑계로 세상을 원망했다. '난 수술 때문에 제대로 살 수 없어.' 그런 피해의식에 사로잡혀 노력할 생각은 하지 않았다. 오히려 내 몸을 학대하며 먹고 싶은 것을 마음껏 먹지 못하는 현실에 분노했다. 과음과 폭식으로 몸은 점점 더 망가졌고, 나는 그 악순환에 갇혀 한참 동안 빠져나오지 못했다. 만약 그때 내가 '어떻게 하면 지금 내 몸을 더 잘 돌볼 수 있을까?'라는 질문을 스스로에게 던졌더라면, 지금과는 다른 삶을 살고 있지 않을까? 과거는 이미 지나갔고, 현재 내가 할 수 있는 최선을 다하는 것이 지혜로운 일이 아닐까.

도박도 마찬가지였다. 아내 몰래 빼돌린 돈이 몇백만 원이든, 몇천만 원이든 그때라도 솔직하게 털어났다면 상황은 달라졌을지도 모른다. 하지만 한 번 더 도전하면 손실을 만회할 수 있다는 그 허황된 희망이 나를 또 한 번 파멸로 몰고 갔다. 잃은 돈을 반드시 되찾아야 한다는 집착은 끝없는 중독으로 이어졌다.

경제학의 '매몰 비용'이라는 단어가 떠오른다. 이미 회수할 수 없는 비용, 묻혀버린 돈을 의미하는 이 개념처럼, 과거에 집착할수록 내 마음만 괴로워진다. 과속 딱지든, 수술이든, 도박으로 잃은 돈이든 모두 삶에서 일어날 수 있는 일들이다. 아무리 자책하고 후회해도 이미 지나가 버린 일은 바꿀 수 없다.

앞으로 이와 비슷한 일들이 일어나지 않도록 노력하겠지만 혹시라도 또 위기가 닥치면 그때는 같은 후회를 되풀이하지는 않을 것이다. 큰 실수가 없도록 미리 방책을 세우고, 세심한 주의를 기울여야겠다.

지난 과거의 후회는 내려놓으려 한다. 그럼에도 불구하고 잘 살아왔다고, 그래도 여기까지 와줘서 고맙다고 나 자신에게 따뜻하게 말해주고 싶다.

더이상, 유혹에
흔들리지않아

전보다 많이 줄어들었지만, 여전히 내 계좌를 노리는 유혹의 손길은 낚싯줄의 입질처럼 느닷없이 나타난다.

한창 일하느라 바쁜 오전 시간, 불현듯 울리는 전화벨, 낯선 발신번호가 왠지 서늘한 느낌을 준다. 회사 일로 전화한 사람일 수도 있어 받아본다.

"안녕하세요, ○○스탁입니다. 저희 사이트 이용해 보시라고 초기 지원금 20만 원을 드립니다! 부담 없이 연습해 보세요. 수익이 나면 바로 출금도 가능합니다!"

아, 역시 내 직감이 맞았다. 상냥하고도 침착한 목소리가 오히려 불쾌하다. 그 목소리 저편에서 돌아가는 것은 내가 한때 빠져 허우적대던 거대한 톱니바퀴 같은 시스템이라는 생각에 화가 난다.

하지만 지금의 나는 분별력이라곤 찾아볼 수 없던 예전의 내가 아니다. 단도박 모임에서 갈고닦은 내공을 총동원해, 이번엔 내가 그들에게 귓속말하듯 속삭인다. "아, 제가 불법 사이트에서 거래하다 결국 도박중독자가 되어버렸어요. 이젠 깨끗이 손 씻었습니다. 아내가 제 통장 관리를 해요." 그러자 상대는 잠시 머뭇거린다. 예상치 못한 대답에 당황한 기색이 역력하다. 그리고는 "아, 네……" 하고 멋쩍게 서둘러 전화를 끊는다.

나는 안다. 한 번 잘못 걸려들면 돈만 날리는 게 아니다. 정신을 갉아먹고, 시간을 집어삼킨다. 최악의 경우, 수익이라도 생겨버리면 그때부터가 진짜 지옥이다. 승리의 쾌감이 다시 내 혈관 속으로 흘러 들어오고, 그 강렬한 희열이 나를 잡아끈다. 그러니 조심해야 한다. 이 미끼에 물려버리는 순간, 다시 깊고 어두운 수렁 속으로 끌려갈 테니까.

도박과 이혼하겠습니다

이러한 유혹이 단 하나의 얼굴만 가지고 있는 것은 아니다. 어느 날, 또다시 걸려온 낯선 번호. 받을까 말까 고민하다가, 혹시 업무 관련 전화일 수도 있겠다 싶어 통화 버튼을 눌렀다. 이번엔 또 다른 사기 전화다. "저는 인터넷홈상품 가입점의 ○○ 팀장인데요, 자택에서 쓰시는 인터넷 TV의 요금 할인 누락 때문에 연락드렸습니다." 멈출 줄 모르는 음성. 부드럽고 능숙하다. 그는 마치 숙련된 낚시꾼처럼 여러 개의 미끼를 던진다. "원래는 현금 30만 원 지원하고 요금 할인 25% 적용됐어야 했는데 누락되신 게 있어 연락드렸어요."

나는 예의 바른 어조로 받아칠 준비를 한다. "설명하느라 고생 많으셨어요." 그리고 침착히, 그러나 확신에 찬 목소리로 말한다. "아까, 제가 정식 대리점이 아니라 여러 통신사를 취급하는 곳에서 개통한 것으로 나온다고 하셨죠?" 상대는 "네, 저희 쪽 정보에는 ○○ 점에서 개통하셨다고 나와 있습니다." 라며 흔들림 없는 목소리로 답한다. 하지만 나는 안다. 지금 그는 대본대로 이야기하고 있다는 것을. "제가 직접 ○○통신사 본점 콜센터로 전화해서 개통했거든요. 그냥 이대로 잘쓸게요!"라고 나는 마지막 일격을 날린다.

그는 당황한 기색을 숨기려 애쓰며 "아, 그럼 그렇게 기록 해 둘게요."라고 말한다. 그리고 머쓱한 듯 전화를 먼저 끊어 버린다. 그들은 부드러운 목소리를 한 가면을 쓰고 있다. 나를 위하는 듯 말하지만, 그 목소리의 저편에서 노리는 것은 단 하나, 내 계좌 속의 돈이다.

세상은 생각보다 복잡하고, 우리를 속이려는 손길이 많다. 그러니 정신을 바짝 차려야 한다. 경계를 늦추지 말고, 의심의 눈초리를 잃지 말아야 한다. 그래야만 한다.

큰아이가 유치원에 들어갈 무렵, 우리는 빌라에서 30평 아파트로 이사를 갔었다. 그때가 우리 가정이 가장 형편이 좋았던 때였다. 이후 네 번의 이사를 거치며 집의 평수는 점점 줄어들었다. 도박으로 전세 자금까지 잃고 나서 이사한 곳은 지은 지 30년이 넘은 서향의 20평 남짓한 곳이다. 소식을 들은 아버지는 나를 한심하다고 꾸짖으셨다.

"부끄럽지도 않니? 볕도 잘 들지 않는 곳에서 처자식을 추위에 떨게 하다니!"

나는 변명할 말이 없었다. 변명한다고 해서 달라질 현실도 아니었다. 그저 받아들이는 수밖에. 빚을 갚아야 하니 월세를 줄이기 위해서 이곳에 살 수 있는 것만도 감사해야 한다고 나 자신을 다독였다. 하지만 날마다 마주하는 불편함은 생각보다 나를 움츠리게 했다.

작은 주방은 겨우 밥을 차릴 정도의 공간밖에 없었고, 거실 한가운데를 가로막은 식탁은 언제나 눈에 거슬린다. 남은 공간에는 책상과 책장이 차지한 자리가 전부다. 둘째는 늘 장난감을 펼칠 곳을 찾지 못해 두리번거렸고, 춤이라도 추려면 식탁 모서리와 책상 끝을 비켜 다니느라 몸이 아슬아슬했다. 가끔 아이가 "아빠, 우리 넓은 데로 이사 가면 안 돼?"라고 물어올 때면 나는 잠시 말문이 막혔다. 내 안에서 한숨 섞인 대답이 불쑥 나왔다.

"그래, 아빠도 그러고 싶어. 근데 ○○이가 좀 더 크면 우리 꼭 이사 가자. 그때까지만 참자."

이 말이 내가 할 수 있는 최선이었다. 그러나 그런 나를 보는 둘째의 눈빛엔 '왜 안 되는 건지'를 아는 듯하다.

하루는 아내가 주방에서 요리하고 있을 때였다. 나도 커피물을 끓이려 주방으로 들어섰는데, 좁은 공간 탓에 내 어깨와 아내의 어깨가 서로 부딪쳤다. 순간 아내의 입에서 튀어나온 말은 "아이, 짜증 나"였다. '굳이 그렇게까지 말할 건 없잖아'라고 생각하며 날카로운 아내의 말투에 속으로 반발심이 올라왔지만, 동시에 그 말이 나오기까지 쌓였을 아내의 피로가 어렴풋이 느껴졌다. 화가 나면서도 발에 걸려 넘어지지 않은 게 다행이라 생각하며 "앗, 미안해. 집이 좁아서 그렇지……" 이 말로 상황을 어떻게든 수습하려 했다.

그런데 얼마 지나지 않아, "우당탕……, 와장창……, 와르르……" 주방에서 아내의 "앗!" 하는 비명과 함께 그릇이 쏟아지는 소리가 들렸다. 방에서 몸을 재빨리 일으켜 주방으로 나가니, 깨진 그릇 조각들이 바닥에 널브러져 있었다. 아내는 한숨을 내쉬며 "이게 다 당신 때문이잖아! 집이 좁아져서 이렇게 되는 거야!"라고 불만을 쏟아낸다. 나는 허둥지둥 어질러진 바닥을 치우며 미안한 마음을 대신했다.

아침 시간 화장실 사용에도 규칙이 생겼다. 첫째 아이가 일어나는 시간에는 최대한 화장실 사용을 자제하라는 아내의 명령이다. 학교가 멀어 일찍 일어나 준비하고 집을 나서야 하는 첫째 아이는, 아내를 닮아 시간관념이 철저해 7시 20분이면 꼭 집을 나선다. 그 시간에 내가 화장실을 차지하고 있으면 아이는 "아빠 때문에 늦게 생겼어!"라며 한바탕 난리를 친다. 가뜩이나 과민성 대장을 가진 나는 아이가 일어날 시간에 신호가 오지 않기를 바랄 뿐이다. 깜박 잊고 화장실에 가려 하면, 아내가 잠시 후에 들어가라고 말하며 막아서는 때도 있었다.

이런 일이 생길 때마다, 나는 애써 마음을 추스르며 생각해 본다. 가족이 비록 불편하더라도 불행하다고는 느끼지 않기를. 세월이 흐르고, 아이들과 아내가 함께 모여 이야기를 나눌 때, 이곳에서의 일들이 힘들고 고단했던 기억으로 남지 않고, 웃으며 이야기할 수 있는 기억으로 남았으면 좋겠다. "아빠 때문에 힘들었다."라는 말이 아니라, "아빠와 함께한 시간이 나쁘지 않았다."라는 말을 듣고 싶다. 그래서 나는 이 상황에서 할 수 있는 만큼 최선을 다하려고 애쓴다.

궁리 끝에 아내와 몸이 닿는 순간이 생기면, 그녀를 꼭 안아 주기로 했다. 처음에는 놀라 아내가 헛웃음을 지었지만, 이제는 따뜻하게 받아준다. 불편함과 궁색함에 대한 미안함을 애정으로 바꿔보려는 작은 행동이 아내에게 여유를 주길 바라는 마음이다. 좁은 집에 살지만 우리 가족의 마음까지 좁아지지 않기를 바란다.

우리 집은 마치 이삿짐을 미처 다 풀지 못한 것처럼 어수선
하다. 식탁 의자에는 옷가지와 수건이 걸려 있고, 바닥에는
아이들의 가방과 택배 박스, 그리고 내가 쌓아둔 책들이 길
을 막고 있다. 아내의 화장대, 책상, 작은 소파까지(이 모든 것
은 한때 더 넓은 집에서 제자리를 차지했던 물건들이다.) 모두 좁은
거실에 욱여넣어져 있다.

나는 내 발 디딜 공간만 있으면 사는 데 지장 없지만, 아내
는 다르다. 자꾸 발에 채이는 짐들 때문에 짜증내며 버릴 것

은 버리고 제발 정리 좀 하자고 원성이다. 더 아쉬운 건, 햇빛조차 우리 집에 오래 머물지 않는다는 점이다. 집이 서향이라 앞 베란다에는 늘 그늘이 지고, 빨래는 눅눅하게 마른다. 아내는 그나마 아침 해가 드는 뒤쪽 보일러실에 작은 빨래건조대를 놓고 속옷과 수건 같은 것들을 넌다. 하지만 널찍한 앞 베란다에서 말린 옷에서는 은근한 습기와 쿰쿰한 냄새가 배곤 한다. 나는 대수롭지 않게 넘기려 애쓴다. 하지만 감각이 예민한 첫째 아이는 다르다. 깨끗이 세탁한 옷을 입으면서도 얼굴을 찡그리며 말한다.

"엄마, 옷에서 이상한 냄새 나!"

아내는 조용히 한숨을 쉬며 아이의 옷을 다시 만져본다. 나는 그저 못 들은 척한다. 하지만 이런 불편한 일들이 나 때문에 생겼기에 미안하다. 우리는 겨울이면 거실, 부엌, 작은 방의 난방 밸브를 약간만 열어 놓는다. 가스비를 아끼려는 이유다. 아이들은 춥다고 아우성친다. 아내는 내의를 두 겹씩 입히고도 더 껴입으라며 옷을 챙겨준다. 참다못한 큰아이는 이불을 몸에 칭칭 감고 집 안을 돌아다닌다. 여름이면 네 식구가 안방에서 함께 잔다. 에어컨을 아껴 쓰기 위해서다. 덕

분에 방은 좁다. 둘째가 불편한 듯 몸을 이리저리 뒤척이다
가 소리친다.

"아빠, 옆으로 더 가!"

나는 몸을 움찔하며 벽 쪽으로 바짝 붙는다. 그런데도 숨소
리가 거슬렸는지 아이가 다시 투덜댄다.

"아빠! 코 골지 마! 시끄러워!"

나는 반쯤 잠긴 정신으로 중얼거린다.

"응…… 미안……."

한때 나는 골방에서 혼자 잤다. 답답하다는 핑계를 댔지만,
사실은 가족과 어울리는 것이 버거웠다. 아이들이 학교와 유치
원에서 어떤 하루를 보냈는지 관심도 없었고, "잘 자."라는 인
사조차 건네지 않았다. 오직 차트를 봐야 했다. 언제 오르고, 언
제 베팅해야 하는지를 포착하기 위해. 그게 내 삶의 전부였다.

가족이 깊이 잠든 새벽, 나는 스마트폰 불빛 아래에서 혼자
만의 시간을 보냈다. 파란색과 빨간색 그래프가 춤을 추는
화면을 보며 나는 심장이 조여오는 스릴을 느꼈다. 돈이 움
직이는 순간 내 감정도 함께 널뛰었다. 이겼다 싶으면 짜릿
했고, 잃으면 미칠 것 같았다. 그사이 가족은 점점 내게서 멀

어지고 있었다.

더 이상 시간을 그냥 흘려보낼 수는 없다. "나중에 더 잘해 줘야지" 그런 다짐만 쌓아두다 보면, 어느새 아이들은 훌쩍 자라 있을 것이다. 그래서 결심했다. 일부러라도 아이들과 함께하는 순간을 만들어야겠다고.

가장 쉬운 것부터 시작했다. 퇴근 후, 둘째 아이가 춤을 출 때는 10분 이상 온전히 집중하기로 했다. 핸드폰을 내려놓고 아이의 움직임 하나하나를 눈에 담았다. "우와! 우리 애기 춤 천재 아냐?" 큰 리액션을 해주고, 춤추는 모습을 동영상으로 찍어 아이와 함께 돌려봤다. 예전보다 적극적으로 반응해줘 서일까. 어느 날 둘째가 나를 친구처럼 불렀다.

"아빠, 어서 들어와! 잘 시간이야!"

나는 하던 일을 멈추고 미소를 지으며 안방으로 들어간다. 아내는 세 사람이 누울 수 있도록 이부자리를 정성스럽게 펴 두었다. 그 작은 공간이 우리 가족의 사랑으로 가득 차 있다 는 걸 느낀다. 둘째는 내 왼쪽, 아내는 오른쪽. 아이는 소곤소 곤 이야기를 나누다 이내 깊은 잠에 빠져든다. 나는 아이의 볼에 입술을 가져다 대며 따뜻한 숨결을 느껴본다.

둘째의
댄스타임

매일 저녁 9시 무렵이 되면 우리 집 거실은 무대로 변한다.
저녁 먹고 한숨 돌리고 나면 둘째 아들이 "아빠, 이리로 와서
편히 앉으세요!" 하고 날 의자에 앉힌다. 그러곤 나의 휴대폰
에서 유튜브를 빠른 손놀림으로 검색한다. 최신 여자 아이돌
가수의 노래를 검색해서 노래를 고르고 나면 나는 재생 버튼
을 누를 준비를, 둘째는 댄스 준비 자세를 취한다. "아빠 이제
틀어."라고 말한 뒤, 아이는 눈빛으로 시작 신호를 준다. 아이
돌 가수의 신나는 댄스가 궁금해 시선을 돌리고 싶은 마음이

굴뚝같지만 절대 스마트폰을 봐서는 안 된다. 오로지 둘째를 향해 시선 고정. 그렇지 않으면 처음부터 다시 시작해야 한다. 아들이 만든 규칙이다. 오로지 자신에게 집중해야 한다는 규칙.

노래가 시작되면 나는 둘째 아이의 열렬한 팬이 된다. 얼마나 많이 춘 건지 뮤직비디오 속 누나들의 생기발랄하고 때로는 섹시한 동작을 완벽히 재현한다. 왼쪽, 오른쪽 헷갈리지도 않고서 손가락 모양, 표정 하나하나 따라 하는 디테일에 강한 우리 아들. 노래가 하이라이트로 접어들면 앙증맞은 윙크와 볼 하트를 날리는 모습에 난 함박웃음을 짓는다. 노래 틀어 달라며 보챌 때의 귀찮았던 마음은 사라지고 피로가 확 풀리는 순간이다.

여기서 끝이 아니다. 같은 노래로 대여섯 벌의 옷을 갈아입고 찍기도 한다. 교차편집을 해야 한단다. 그러면 편집 고수인 형의 도움이 필요하다. 둘째는 첫째에게 애교를 부리며 사정사정한다.

"형아~ 편집 좀 해 줘."

9살 차이가 나는 형은 인트로와 엔딩 샷도 한 컷씩 넣어 멋지게 작품을 완성한다. 아내와 내가 작품을 감상하며 "우와~ 정말 잘한다. 너무 멋지다!"를 연발한다.

둘째는 내 나이 마흔에 기적처럼 찾아와 준 아이다. 내가 아내의 마음을 힘들게 했을 때, 아내는 둘째가 태어나면 내가 화목한 가정으로 돌아올 거라 믿으며 아이가 태어나길 기다렸었는데 그 아이가 세상에 태어난 지 벌써 여덟 해가 지났다. 둘째가 배 속에 있을 때 아내 속을 많이 썩였던 터라 아이가 잘못되면 어쩌나 걱정도 했었다. 그런 아이가 우리 부부의 사랑을 다시 이어주는 다리가 되었다.

아이가 춤을 추는 동안 나는 생각한다. 큰아이가 지금 둘째 아이만 했을 때, 나는 무얼 하고 있었지? 퇴근하면 피곤함에 찌들어 아이가 재롱부리는 걸 보는 게 힘들어 혼자 방에서 누워 있고 싶어 잠시 봐주다가 30분도 안 되어 자리를 떠났던 기억. 그런 시간이 계속 반복되자 아예 아빠랑 놀기를 포기하고 혼자 놀기를 선택했던 큰아이. 나는 그만큼 혼자 있고 싶었다. 타고난 성격 탓도 있지만 도박에 빠져있을 땐 정말 아이와 노는 시간이 아깝다는 생각이 들었다. 솔직히 아이들이 자라는 걸 보는 기쁨을 몰랐다. 그저 본능으로 의무감으로 살았다.

　우울증 때문에, 다단계에 미쳐 첫째 아이가 자랄 때 함께 시간을 보내지 못했다. 아이와 기억에 남는 추억이 거의 없다. 큰아이가 태권도에서 배운 태권도 댄스를 따라 해보라며 나의 손을 잡던 그때 나는 아이에게 "아빠 그럴 기운이 없어." 하며 방바닥에 누워 버렸다. 아이는 얼마나 외로웠을까. 큰아이가 학교 미술 시간에 가족의 모습을 그림으로 그릴 때, "아빠를 죽이고 싶다."라고 표현한 것을 후에 아내한테서 들었다. 충격적인 말을 듣고도 당시에 나는 무감각했다. 둘째가 춤을 추며 나에게 보내는 눈빛은 꼭 이런 말을 하는 것 같다.

　"아빠, 우리 가족이 함께 하는 이 순간이 가장 소중한 거 알죠? 내일 걱정은 그만하시고 지금은 저에게 관심 가져 주세요."

　그동안 아이들에게 소홀했던 지난날을 반성하며 둘째의 댄스 타임에 오롯이 집중하려고 노력한다. 아이는 내 마음을 알기라도 하듯 더 열정적으로 춤을 춘다.

알겠습니다!
충성!

"당신을 만나 느낀 사랑을 평생 더 크게 키워가고 싶어."

찬바람이 여전히 남아있는 초봄의 오후였다. 한적한 기찻
길 옆 잔디밭에 서서 꽃다발을 가득 안고 아내 앞에 한쪽 무
릎을 꿇었다. 아내는 눈가에 맺힌 눈물을 조심스럽게 닦아내
며, 나의 청혼을 수락했다.

결혼 초, 아이가 생기기 전까지 우리는 주말마다 여행으로
맛집과 관광지를 찾아다녔다. 서로의 존재가 주는 행복에 피
곤함조차 잊고 즐겁게 지냈다. 그 행복이 언제까지나 계속되

리라 믿으며.

세월이 흐르면서 내 이마와 눈가에 주름이 생기기 시작했다. 내가 종종 "당신은 정말 동안이야, 하나도 나이 안 들어 보여."라며 칭찬하던 그녀의 얼굴에도 주름이 보이기 시작했다. 특히 마음을 아프게 하는 건 미간 사이에 깊게 팬 주름이다. 외출 전 아내에게 "여보, 너무 습관적으로 인상을 찌푸리는 것 같아."라고 걱정했더니, 돌아오는 대답은 싸늘했다.

"다 당신 때문에 이렇게 됐잖아."

순간 속에서 화가 치솟았다. 내가 잘해보려는데, 예전 잘못을 떠올리며 나를 탓하는 그녀의 모습이 싫었다. 그러나 숨을 고르고 상황을 바라보니, 아내의 말이 맞다는 걸 인정할 수밖에 없다. 노심초사하며 보낸 세월은 얼마나 길었고, 이제 마음이 조금 편해진 것은 너무도 짧은 시간이 아닌가. 아내가 겪었던 마음고생에 비하면 지금의 평온함은 새 발의 피에 불과하다.

첫째가 3살 되던 해부터 중학교 2학년 때까지, 거의 10년 동안 아내에게 너무 많은 마음의 짐을 지워왔다. 오랜 기간 남편의 엇나간 행동으로 아내의 찌푸린 표정이 일상이 되어

버렸다. 별것 아닌 일에도 미간에 힘을 주는 아내의 모습을 볼 때면, 후회와 미안함을 느끼고, 때로는 그녀가 안타깝게 느껴진다. 시간이 흐르면 지금보다 더 나아질 것이라는 희망과 확신이 있지만, 지금 당장 아내를 웃게 하는 말과 행동을 많이 해야겠다고 마음먹었다.

어느 날, 둘째 아이가 보는 학습 영상에서 요리를 배우는 누나가 요리 선생님에게 하는 말이 재미있게 들렸다.

"네! 알겠습니다! 충성!"

이 말을 아내와 대화할 때 써먹어야겠다고 기억해 두었다. 써먹을 기회가 금방 생겼다. 정리하라거나 부탁한 일을 잊어버린 나에게 아내가 퉁명스럽게 말했다.

"이거 아까 얘기했는데 아직 안 치웠네."

"네! 알겠습니다. 충성!"

기억해 둔 말로 대답해 보았다. 아, 얼마 만인가! 아내가 모처럼 웃었다. 나도 덩달아 쓰레기를 치우고 싶은 마음이 생겼다. "알겠습니다! 충성!" 이 말을 요즘 자주 쓴다. 말투가 재미있기도 하고, 아내에게 잘하고 싶은 내 마음을 전하기에 딱 좋은 표현이라는 생각이 든다.

도박과 이혼하겠습니다

신혼 초, 무뚝뚝하고 배려심 없는 나의 행동 때문에 많이 싸웠다. 가정적이고 재능이 많은 장인어른을 보며 자란 아내와 가부장적이며 무뚝뚝한 아버지의 영향을 받은 나. 우리는 싸울 때마다 "여보, 우리 자란 환경이 달라서 그래. 내가 알아서 해줄 거로 생각하지 말고 얘기해줘."라는 말을 자주 했던 기억이 난다.

결혼 15년 차가 넘어가면서 우리는 서로의 차이를 받아들이는 데 익숙해졌다. 나의 부족함을 알고 있었지만, 바꾸는 게 어려웠다. 어떤 계기였는지 정확히 알 수는 없지만, 단도박 모임에 참여하며 '이렇게 계속 살아서는 안 되겠다.'라고 생각하게 되었고, 아내를 대하는 방식이 달라졌다. "네! 알겠습니다! 충성!"은 그런 내 변화의 상징이라고 할 수 있다.

"충성!"을 외치는 숫자만큼 아내가 함박웃음을 짓는 횟수가 늘어날 것이라는 기대를 품고, 그 숫자의 크기가 결혼 전 아내에게 내가 약속했던 사랑의 크기가 되리라는 희망을 가져본다.

GAMBLERS ANONYMOUS

07

다시찾은
성당

누가 종교가 있냐고 물으면 "천주교"라고 대답하지만, 속
으로 나는 나이롱 신자라고 생각한다. 성경 말씀을 붙들고
봉사를 한 적도 있지만, 냉담의 시간은 신앙에 충실한 마음
을 가졌던 때보다 훨씬 길었다.

사는 것이 고통으로 느껴져 심적으로 매우 힘들 때는 성당
을 찾지 못했다. 어려움이 지나고 마음에 여유가 생기면 가
톨릭 신자라는 의무감에 다시 미사에 참석하곤 했다.

한참 다단계에 빠져있을 무렵, 독실한 신자인 아내는 주일에는 꼭 성당에 나가야 한다고 했다. 아내의 성화에 마지못해 주일 미사에 참석했는데, 끌려갔다는 표현이 맞을지도 모르겠다. 미사 시간 내내 나는 눈을 감고 머릿속으로 엉뚱한 생각을 하곤 했다. '빨리 성공하려면 여기 있을 시간이 없어. 어떻게 하면 큰돈을 벌 수 있을까?' 머릿속은 온통 성공에 대한 열망으로 가득 차 있었다. 도박에 빠져있을 때도 마찬가지였다.

'잃은 돈을 아내 몰래 메꾸려면 어디서 돈을 빌리지?', '주식투자에 성공한 사람을 찾아가 봐야겠어.'

내가 다단계와 주식에 미련을 못 버린 걸 알고 있던 아내는 미사 중 신부님께서 삶에 도움이 될 좋은 말씀을 하실 때, 나를 향해 귓속말로 속삭였다.

"당신한테 하시는 말씀이잖아. 잘 새겨들어."

나는 어색한 웃음을 지으며 속으로는 콧방귀를 뀌었다. 나는 허황된 꿈과 욕망에 빠져 있었고, 신앙은 나와 거리가 먼 것이라 생각했다.

주식과 코인으로 돈을 잃고 가족에게도 말하지 못했던 때, 1년에 단 두 번, 부활절과 성탄절에만 성당에 갔다. 신자의 최소한의 의무를 지키기 위해서였다. 미사 중 부활과 성탄의 기쁜 소식은 그저 무덤덤하게 다가왔고, 비참한 내 처지를 하느님이 알아주기만을 고대했다. 미사 중 성당 제대 뒤 십자가에 달린 예수님을 바라보며 속으로 애원했다. '고통스러워 죽을 것 같으니, 제발 한 번만 기회를 주세요!'라고 애절하게 간구했지만, 하느님은 아무런 대답도 하지 않으셨다. 십자가 위 예수님의 모습은 기적을 일으키는 분이 아니라 그저 고통의 상징으로만 비쳤다.

사실, 신의 응답이 무엇인지 그때 나는 이미 알고 있었을 것이다. 내가 진정으로 기도해야 했던 것은 도박을 멈추고 아내에게 솔직하게 털어놓을 수 있는 용기였을 것이다. 나는 신 앞에서도 솔직하지 못했다. 결국 나락의 끝까지 떨어졌고, 스스로 생을 끊겠다고 결심했다. 그것은 하느님에 대한 도전이기도 했다. 다행히 하느님은 나의 극단적인 선택을 허락하지 않으셨고, 그 대신 단도박 모임으로 이끄셨다. 그 덕분에 나의 내면이 회복되고 가정이 안정되어 가고 있다. 방탕과 방황의 시간에도 나를 기다려 주신 하느님은 마치 돌아온 탕자처럼 따뜻하게 안아 주셨다.

도박과 이혼하겠습니다

단도박 4년 잔치를 마치고 연말이 되어, 다시 성당에 나갔다. 성탄절 미사를 위해 찾은 성당에서 십자가 위 예수님의 모습은 전혀 달라 보였다. 과거에는 고통과 절망의 상징으로 비쳤던 그 모습이 이제는 죽음에서 부활하고 하늘나라에 올라가기 직전 환희의 모습으로 느껴졌다. 그리고 지금까지 내게 일어난 일들은 하느님이 내가 소중한 것들을 깨닫고 돌아오게 하려고 준비해 두신 길이라는 생각이 들었다.

이제 나는 성당에 가는 것을 의무감이 아니라, 나의 영혼을 다시 채우기 위한 시간으로 여긴다. 부족함과 연약한 마음으로 부서지기 쉬운 나를 품어주시는 하느님께 감사의 기도를 올린다.

학창 시절, 부모님께 꾸지람을 듣거나 친구들과의 비교로
상처받을 때마다 나는 책상에 앉아 '악착같이 공부해서 뭔가
보여줄 거야!'라는 다짐을 하곤 했다. 부족한 내 모습을 직면
하기보다는, '나는 당신들이 생각하는 것보다 훨씬 대단한 인
물이다!'라는 자의식을 방패 삼아 나의 자존감을 지키려 했
다. 물론 며칠 지나면 그 결심은 흐릿해지기 일쑤였지만, 신나
게 노는 걸 잘하지 못한 나는 공부하는 것이 유일한 방법이
라는 생각에 화가 솟구치고 수치심이 들면 책상 앞에 앉았다.

세월이 한참 흘렀고, 어린 시절의 방패막이는 다시 책으로 돌아왔다. 도박 문제가 불거지고 단도박 모임에 참석하게 된 초기, 아내는 내 생활 습관을 바꾸라고 요구했다. 가장 먼저 스마트폰 사용 시간을 줄이라고 했다. 스마트폰은 최소한의 용도로만 사용하고, 방에 혼자 들어가서 사용하는 것은 금지였다. 늘 스마트폰을 붙잡고 지내며 차트와 숫자의 노예가 되어 있던 나는, 마치 장난감을 잃어버린 아이처럼 허탈한 기분에 빠졌다. 대박이라는 희망의 족쇄를 풀어버리니 내 마음은 허공에 떠 있는 듯 갈피를 잡지 못했다.

아내는 단도박 활동의 하나로 일기를 써보라고 제안했다. 매일 느낀 감정과 생각을 글로 옮기면, 마음이 조금이라도 정리될 거라고 했다. 며칠 동안 아내 말대로 일기장에 끄적여 보았지만, 글을 쓰는 동안에도 내 마음은 여전히 흔들렸다. 도대체 어디서부터 잘못되었는지, 왜 이런 상황에까지 치닫게 되었는지 서글픈 생각만 들었다. 무거운 돌덩이를 가슴에 품고 있는 듯한 기분이 몇 주간 계속되자, 성인이 된 후 나를 지긋지긋하게 괴롭히는 우울, 불안, 열등감 같은 내면의 문제를 이참에 해부해 보고 싶다는 오기가 생겼다. 심리 상담을 받을 경제 형편이 아니었기에, 시간을 들여 책에서 해답을 찾기로 마음먹었다.

결심을 굳히고 보니, 책장에 쌓인 먼지 낀 책들이 눈에 들어왔다. 잘살아 보려고 애쓰던 시절에 모았던 자기계발서들이었다. 그중 하나, 황농문 교수의 『몰입』을 집어 들었다. 중간쯤 읽다가 끝까지 읽지 못한 기억이 떠올랐다. 몰입이 학업과 성취에 왜 중요한 개념인지, 행복과는 어떤 관계가 있는지에 대해 논리적으로 쓰인 책이었다.

다시 펼쳐보니 내 상황에 맞는 이야기가 있었다. 저자는 잘못된 곳에 몰입하면 알코올, 마약, 도박중독 같은 몸과 마음을 망치게 되지만, 긍정적인 것에 몰입하면 행복과 성공이라는 두 마리 토끼를 잡을 수 있다고 했다. 두뇌 메커니즘의 과학적 원리를 이해하고 몰입에 들어갔을 때, 삶의 문제를 해결하고 행복을 무한대로 키울 수 있다는 내용이 내 가슴에 쿵 하고 박혔다. '왜 이 부분을 건성으로 봤을까?' 하는 아쉬움이 밀려왔다.

"자신이 하는 일에서 긍정적 감정을 얻어야 행복할 수 있다. 하고 싶은 일을 해야만 행복하다면 그 사람의 행복은 한

도박과 이혼하겠습니다

계가 있지만, 해야 하는 일에서 행복을 만들어 내는 사람은 한계가 없다."

마치 저자가 내 상황을 꿰뚫고 있는 듯했다. 돈이 모든 문제를 해결해 주리라 믿고 현실과 전혀 동떨어진 곳에 노력을 기울이기보다는, 지금 내가 맡은 일에 최선을 다하라는 조언이었다. 생각해 보니 내가 해야 할 일은 직장에서 충실히 일하고 여가 시간에 틈틈이 책을 읽으며 마음의 근육을 단단히 하는 것이었다.

이후 나는 매일 읽는 시간을 늘리기로 다짐했다. 책을 매일 읽기로 약속하고, 읽은 책 이야기를 블로그에 쓰기 시작했다. 읽은 책의 권수가 늘어갈수록 읽고 싶은 책들이 많아졌다. 주말이면 도서관에 가서 책을 한아름 안고 나오는 순간은 참 오랜만에 느끼는 뿌듯함이었다. 황농문 교수의 말씀대로 드디어 긍정적인 곳에 몰입한 것이다.

독서를 통해 안 좋은 기억들을 잠재울 수 있었고, 다양한 지식과 이야기를 접하며 내가 얼마나 좁은 사고에 갇혀 있었는지를 알 수 있었다. 책을 통해 이전과는 다르게 살 수 있겠다는 희망이 싹트기 시작했다.

진부한 말이지만 책 속에 또 다른 세계가 있다는 걸 비로소 깨달았다. 살면서 내가 고민했던 많은 문제에 대한 해답을 누군가 먼저 고민하고 나름의 해법을 글로 남겨 놓았다는 사실은 나를 들뜨게 했다. 그동안 어떻게 책을 안 읽고 살았을까. 독서에 관심을 가지고 책 속에서 내가 맞닥뜨린 문제에 답을 구하겠다고 생각했다면 지금껏 수도 없이 거쳤던 시행착오를 줄일 수 있었을 거라는 생각이 들었다.

더 늦기 전에 책 읽기를 생활의 중심으로 두어야겠다고 마음을 다잡았다. 이제까진 1년에 한두 권 겨우 읽는 정도였지 독서 습관이라고 할 수는 없을 정도로 책을 가까이하지 않았었기에 몸이 마음만큼 따라주지 않았다. 퇴근 후 소파에 앉아 몇 줄 읽으면 눈이 피로하고 몸이 근질거렸다.

어느 순간, 나의 독서 능력이 형편없다는 것을 느꼈다. 서평을 주로 쓰는 블로거 중에는 일주일에 몇 권씩 읽는 사람도 있었는데, 그들 또한 직장인이었다. '그들은 어떻게 저 많은 책들을 소화할까?', '내가 제대로 읽고 있는 걸까?'라는 의문이 들었다. 읽는 속도는 물론, 이해력도 어느 정도인지, 책을 읽고 나서 과연 내가 어떤 변화가 있는지 궁금해졌다.

도서관에 가서 독서법 책을 10권씩 빌려와서 읽었다. 독서 고수가 말하는 독서의 이유와 목적, 책의 종류마다 달리 읽는 방법이 있다는 걸 알게 되니 독서에 더욱 동기부여가 되었다. 독서법 책에 나오는 훑어 읽기, 속독, 발췌독 같은 여러 가지 독서 방법을 배우고 연습해 보았다. 대학 시절 어학 공부에 재미를 붙였던 때처럼 다른 어떤 일보다 재미있었다. 그렇게 몇 개월을 책과 부대끼며 보냈더니 삶에 활력이 생겼다.

독서 방법에 대한 문제를 해소하고 나니, 다음으로는 시간이 부족하다고 느껴졌다. 아침저녁 출퇴근 시간을 합치면 하루에 2시간이나 길 위에서 보내야 했다. 집에 돌아오면 늦둥이 둘째와 시간을 보내야 하니, 남는 시간이 별로 없었다. 온통 독서에 관한 궁리만 했더니, 좋은 방법을 찾아냈다. 바로 출퇴근 시간에 오디오북을 이용하는 것이었다.

처음에는 소리로 듣는 독서가 낯설었지만, 읽고 싶은 책이 생기면 주문해 배송받는 시간 없이 즉시 내려받아 바로 들을 수 있다는 장점이 있었다. 게다가 2배속, 3배속으로 들을 수도 있었다. 지식과 간접 경험을 쌓는 즐거움이 생겨 읽는 데 가속도가 붙었다.

읽고 싶은 책이 계속 늘어났다. 처음에는 밑바닥에서 성공한 사람들의 이야기가 주를 이루는 자기계발서만 읽었지만, 내게 진정 필요한 책이 무엇인지 곰곰이 생각한 후에는 심리 관련 도서로 관심이 옮겨갔다.

이런 과정 전체가 내 마음의 깊이를 더하고, 나 자신을 이해하는 데 큰 도움을 주었다. 독서를 통해 나 자신은 물론 세상을 바라보는 시각이 조금씩 변하는 걸 느꼈다.

도박과 이혼하겠습니다

본격적인 독서를 1년 넘게 하다 보니, 독서와 글쓰기는 떼려야 뗄 수 없는 관계라는 것을 알게 되었다. 잘 읽기 위해서는 글을 써보아야 하고, 잘 쓰기 위해서는 많이 읽어야 한다는 사실을 깨닫고 나서, 다음 단계인 글쓰기에 도전해보고 싶어졌다. 그때 글쓰기 코치로 만난 한 작가님과 인연이 되어 글쓰기를 배우며 교류하게 되었다. 그분은 그동안 자기계발서에서 보아왔던 독서와 글쓰기로 새로운 인생을 그려나가고 있는 분이었다.

그분과 독서와 글쓰기로 소통을 이어온 지 1년 남짓 지난 어느 날, 작가님이 내게 고전 독서 모임을 함께 운영해 보지 않겠냐고 제안하셨다. 마치 끌어당김의 법칙이라도 작용한 것일까. 폭넓은 독서를 해야 할 때라고 생각하고 있던 나는 두려움보다는 기쁜 마음을 안고 그 제의를 수락했다.

어느덧 고전 독서 모임을 운영한 지 2년이 되었다. 헤르만 헤세, 도스토옙스키, 돈키호테, 카프카…… 이름은 들어보았지만, 예전 같았으면 감히 읽을 엄두를 내지 못할 작가들의 책을 이제는 독서 친구들과 함께 매월 1권씩 읽고 있다.

독서 모임을 통해, 우리는 고전 속에 담긴 삶의 다양한 면

모를 각자의 경험과 일상에 비추어 살펴본다. 시대를 초월해 오랫동안 사랑 받아온 아름다운 문장과 뛰어난 이야기들이 얼마나 깊은 의미를 지니고 있는지를, 서로의 견해를 나누는 과정이 참 흥미롭다. 1시간 정도의 모임이 끝나는 순간, 뿌듯한 마음이 가득 차오른다.

도박과 이혼하겠습니다

GAMBLERS ANONYMOUS

10

사실, 나는 이미 많은 걸
가지고 있다

"이제는 더 이상 잃을 돈이 없어서 도박하려야 할 수가 없습니다."

단도박 모임에 이제 막 참여한 초심자의 말이 내 마음속에 맴돈다. 그의 이야기를 듣는 순간, 나는 속으로 고개를 절레 절레 흔들었다. 그 모습은 4년 전의 나와 다르지 않았다. 계좌 잔액이 몇만 원도 아니고 몇천 원 남을 때까지 베팅했던 그때, 나는 빌린 돈을 모두 잃고 더 이상 베팅할 자금이 바닥 났음을 인정할 수밖에 없었다. 죽고 싶다는 생각이 스쳐 지나가고, 나는 지푸라기라도 잡으려는 심정으로 돈을 빌릴 사람을 찾기 시작했다. 여동생에게, 회사의 선배와 후배에게, 그리고 마지막으로 사채업자에게 전화를 거는 내 모습은 정말로 비참하고 경악스러웠다. 자신을 막다른 길로 몰아넣는 것에 나는 공포를 느꼈다.

이젠 정말 돈이 없다고 말하는 그도, 훨씬 이전부터 통장 잔액은 제로였을 것이다. "이번이 마지막이야. 내가 가진 걸 전부 걸었다고!"라는 말을 얼마나 많이 했겠는가. 도박을 더 이상 하지 않겠다고 하지만, 사실 그건 일시 정지 버튼을 누른 것일 뿐이다. 수중에 돈이 없어 잠시 도박을 멈추었더라도, 시간이 지나고 쥐구멍만 한 기회가 나타나면 수단과 방법을 가리지 않고 돈을 구해 다시 도박에 손을 대게 된다. 그렇게 그는 깊은 중독의 늪에 빠져버린 것이다.

도박 문제는 단순히 현재 수중에 돈이 있느냐 없느냐의 문제가 아니다. 도박을 끊기 위해서는 왜곡된 마음 상태를 정상으로 되돌리는 노력이 필요하다. 잘못된 사고방식을 바꾸고 생활 습관을 개선해야 한다는 사실을 뼛속 깊이 받아들이는 사람들은 매주 단도박 모임에 참석하여 마음을 다스리고,

도박과 이혼하겠습니다

도박으로 힘들었던 시간을 성찰한다.

단도박 모임에서 우리는 비록 고통스럽지만, 도박 중독이라는 일생일대의 사건이 누구에게나 발생할 수 있는 일이라는 사실을 인정하고, 같은 처지에 놓인 사람들이 모여 함께할 수 있다는 것에 위로를 받는다. 그리고 지금부터 도박을 멈추고 회복의 길로 나선다면 전화위복이 될 수 있다는 희망을 발견한다. 물론 정상적인 삶으로 돌아오는 데는 예상보다 많은 시간과 노력이 필요하다는 사실도 받아들여야 한다.

그러한 노력의 일환으로, 나는 작은 실천을 시작했다. 독서와 글쓰기 동호회에서『매일감사 365』프로그램에 참여하게 된 것이다. 감사의 유익함을 알려주는 책을 읽고 '하루 세 줄 감사 일기'를 쓰니 마음이 차분해지고 기분이 금세 좋아지는 경험을 한다.

"둘째 아이 등교시키고 출근할 수 있어 감사합니다."

"고등학교에 다니는 큰아이의 관심사에 대해 짧은 대화를 할 수 있었습니다. 마음을 열어 준 아들 덕분에 감사합니다."

"아내가 맛있는 된장찌개를 준비해 줘 건강하고 맛있는 저녁을 먹으니 감사합니다."

"도박 모임에서 과거 힘들었던 얘기와 어려움을 이겨낸 경험담을 나누며 서로 힘이 되어 감사합니다."

이렇게 감사 일기를 쓰다 보니 감사한 순간들을 기억할 수 있다. 그리고 내게 부족한 것보다는 소중하고 감사한 일에 초점을 맞추게 된다. 감사에 마음을 두는 만큼, 감사한 일이 더 많이 느껴진다. '틈틈이 책을 읽고 글을 쓸 수 있는 시간과 마음의 여유가 있으며, 가족이 서로 살을 맞대고 부대낄 수 있는 보금자리가 있다'고 감사할거리를 하나둘씩 발견하면, 내일을 걱정하기보다는 어떤 기대를 품고 하루를 맞이할 수 있다.

읽는 책도 달라졌다. 'OO을 돈으로 바꾸는 기술'이나 '부자의 OO'와 같은 화려한 성공 이야기가 가득한 책을 펼칠 때마다 '나는 지금껏 무엇을 하며 살았나'라는 자괴감이 밀려오고, 자존감은 더욱 낮아졌다. 책장을 넘길수록 '이걸 해야 하는구나.', '이것도 해야 하네.'라는 강박이 나를 괴롭혔다. 결핍된 것들만 보이며, 결핍을 채워야만 행복해질 수 있다는 생각에 쫓기듯 마음이 불안했다. 불안한 마음을 잠재우려 책을 들었지만, 그 불안은 해소되기보다는 오히려 성취에 대한 갈망을 더욱 키우고, 이상을 따라가지 못하는 현실과 열등감이 나를 짓눌렀다.

사실 내게 필요한 책은 지금, 이 순간에 충실하게 살아갈 수 있도록 해주고, 사랑하는 사람과 함께하는 일상을 아름답게 바라볼 수 있는 시야를 길러주는 책이다. 『헬렌 켈러 자서전』이나 『지금, 이 순간을 살아라』 같은 책을 읽으면서, 비록 지금은 경제적으로 여유가 없더라도 감사할 것이 얼마나 많은지를 깨닫게 되었다. 나는 현재에 집중하는 삶과 얼마나 동떨어져 있었는지를 현자의 글을 통해 이해하게 되었다. 미래를 걱정하며 현재를 소홀히 대하는 어리석음을 인식하게 된 것이 얼마나 다행인지 모르겠다. 이런 깨달음이 나를 다시 일으켜 세우는 힘이 되기를 바란다.

4년 전, 눈물과 콧물 범벅으로 아내에게 가슴 속에 켜켜이 쌓여 있던 응어리진 말들을 쏟아냈습니다. 만성 우울증, 다단계, 코인 거래 등 갖가지 어이없는 사건들이 내 인생에서 끊임없이 생겼는데, 이는 모두 '내 탓이 아니다. 내 환경이 잘못되었다.'라는 억울함이 담긴 울음이었습니다. 내가 진정으로 바랐던 삶이 아니었는데, 왜 이렇게 역방향의 끝으로 달려갔는지 이해가 되지 않아 서글펐습니다.

당시 저의 심정은 '나는 이럴 사람이 아닌데, 운명의 장난처럼 인생이 이렇게 꼬였다.'라는 피해자적 태도였습니다. 성인이 되고 한참 세월이 지났지만, 어린 시절의 심리적 상처에서 벗어나지 못했습니다. 그렇게 1시간 동안 마음 깊이 숨겨두었던 이야기를 여과 없이 내뱉었습니다. 벼랑 끝에 몰린 듯한 슬픔과 힘듦을 아내에게 털어놓자, 그제야 마음 한구석이 후련해졌습니다. 그리고 부족한 나를 품어준 아내에게 그동안 힘들게 해서 미안하고 고맙다는 마음을 전했습니다. 흐르는 눈물을 닦으며 꼭 회복해 나의 이야기를 세상에 내놓겠다고 다짐했습니다. 삶을 되돌아보고 미래를 다시 설계하는 시간을 가지며, 도박중독에 대한 경각심과 회복 여정을 담은 책을 쓰겠다고 결심했습니다. 사실 그 당시에는 도박을 멈추고 정상적인 삶을 살겠다는 결심이 더 필요했지만, 지금에 와서 돌이켜보니, 현재에 만족하지 못하고 더 나은 내일에 집착하던 성격적 결함이 독서와 글쓰기로 바뀌어 다행이라고 생각합니다.

글을 쓰는 동안 일련의 사건들이 '도박'과 '중독'이라는 키워드로 연결되어 있음을 발견했습니다. 돈 걱정 없이 살 만큼 큰돈이 생기면 내적인 결핍이 모두 해소되리라 생각했습니다. 그래서 보통 사람들이 경계하는 다단계, 주식, 코인이 내 인생을 180도로 바꿔줄 수 있다고 믿었습니다. 이들의 공통점은 열심히 노력한다고 해서 결과가 보장되는 것이 아니라, 확률과 운에 따라 달라진다는 것입니다. 현재에 만족하지 못하고 더 나은 내일이라는 명목 아래 가족의 보금자리마저 베팅 자금에 이용하는 어리석음을 저질렀습니다.

코인 거래에는 밤잠을 줄이며 시간을 들였지만, 책 쓰는 일에는 집중하기 어려웠습니다. 생각보다 시간이 오래 걸렸고, 과거를 차분히 돌아볼 여유가 필요했습니다. 글 쓰는 과정도 단도박을 위한 수련 과정이라 생각하며 포기하지 않고 할 수 있는 만큼 하기로 했습니다. 그러나 일주일에 한두 꼭지를 써야겠다는 저와의 약속은 계속 미루어졌습니다. 준비 없는 막판 승부의 쾌감이 오래도록 자리 잡고 있었던 것 같습니다. 마감 시간이 임박할수록 긴장감이 생겨 집중이 잘 되었습니다.

 가까스로 한 꼭지씩 써서 아내에게 보여주며 읽어봐 달라고 요청했습니다. 지나간 일이고 지금은 회복 중이지만, 내 과거를 들추는 일이 부끄러웠습니다. 나의 과오와 느낀 심정을 세세하게 드러낼수록 치유에 도움이 된다는 것을 알기에 모든 것을 털어놓을 수 있었습니다. 아내는 어느 정도 알고 있었던 나의 도박 행태와 거짓말을 구체적으로 확인하고는 놀라는 듯했으나 이내 평정심을 되찾았습니다. 단도박 모임에 참여하면서 중독자를 정상인으로 보지 않고 환자로 보았기에 가능한 일이었습니다. 글이 마무리될 즈음에는 우울증, 다단계, 도박중독의 연관성을 이해하며, 왜 내가 이토록 길을 잃고 헤매며 살았는지, 나의 성격적 약점은 무엇인지 더 잘 이해하게 되었다고 합니다.

제 아내는 요즘 단도박 모임에 빠질 수 없다며 열심입니다. 저 역시 해가 갈수록 단도박 모임을 예전보다 소중하게 느끼고 있습니다. 단도박 모임에서 배운 것들은 모두 평범한 진리입니다. 중독에서 회복 중인 사람들은 하나같이 작은 일상 속에 행복이 있다는 것을 뒤늦게 깨달았다고 말합니다. 일할 곳이 있고, 잠을 잘 자고, 밥을 잘 먹고, 함께 대화할 수 있는 가족이 있다는 것, 전에는 당연하게 여겼던 평범한 일상들이 진정한 행복이라고요. 이런 진리가 머리에서 가슴으로 내려오는 데 오랜 시간이 걸렸습니다. 그러나 아직 늦지 않았습니다. 더 많이 감사하며 기쁘게 살면 되니까요.

단도박 모임 사람들과의 교류는 저에게 큰 힘이 됩니다. 나만이 포기하고 싶을 정도의 고난으로 힘들었던 것이 아니라,

도박과 이혼하겠습니다

많은 이들이 삶의 무게를 어깨에 지고 살아간다는 사실을 배웠습니다. 그들의 이야기를 듣고, 나의 이야기를 나누면서 우리는 서서히 중독에서 회복하고 정신적으로 성장해 나갑니다. 우리는 남은 평생을 함께할 소중한 인연입니다.

단도박 모임에서 배운 슬로건처럼 '하루하루에 살자'는 마음으로 과거의 후회와 미래의 불안을 줄이려 합니다. 지금 이 순간, 내 현실에 만족하고 작은 것에 감사하는 습관이 마음의 평화를 가져다준다는 것을 잊지 않겠습니다.